ハヤカワ・ミステリ文庫
〈HM⑯-3〉

メグレと若い女の死

〔新訳版〕

ジョルジュ・シムノン
平岡　敦訳

早川書房
8915

MAIGRET ET LA JEUNE MORTE

by

Georges Simenon

1954

目次

メグレと若い女の死〔新訳版〕

登場人物

メグレ……………………………司法警察局の警視

ジャンヴィエ
リュカ
ラポワント
トランス
……………………メグレの部下

ロニョン…………………………第二地区の警部

フェレ……………………………メグレの元部下。ニース勤務の警部

ポール……………………………法医学研究所の医師

エリザベート
・クマール（イレーヌ）……洋服店の店主

アルベール・ファルコーニ……バーテンダー

ルイーズ・ラボワーヌ…………殺された若い女

ジャニーヌ・アルムニュー……ルイーズの友人

マルコ・サントニ………………ジャニーヌの婚約者

マドモワゼル・ポレ……………ジャニーヌの叔母

クレミュー夫人…………………老婦人

1　死体発見現場に駆けつけたロニョン警部は、事件を横取りされたと嘆く

　メグレはあくびをして、机の端に書類を押しやった。

「ここにサインするんだ、坊やたち。そうしたら、寝かしてやる」

《坊やたち》というのは、三人の悪党のことらしい。この一年、司法警察局を手こずらせてきた、煮ても焼いても食えない連中だ。ひとりはデデといって、ゴリラみたいな見ばをしている。三人のうちでいちばん細身の男は、目のふちに黒いあざがあって、縁日の怪力レスラーとしても食っていけそうだ。

　ジャンヴィエは男たちに書類とペンを手渡した。三人ともようやく自白したところで、今さら四の五の言うつもりはなかった。だから調書の中身もろくすっぽ読まず、観念したようすでサインをした。

大理石の置時計は、午前三時数分すぎをさしている。オルフェーヴル河岸にあるパリ警視庁司法警察局のオフィスは、ほとんどが闇に沈んでいた。しばらく前から聞こえる物音といえば、遠くのクラクションか、雨に濡れた舗石のうえでスリップしたタクシーが、ブレーキをかける音くらいだった。昨日、三人が連行されてきたときも、オフィスは閑散としていた。まだ朝の九時にもなっておらず、みんな出勤前だったから。雨はすでに降っていた。いつまでもやまない、もの悲しげな小糠雨だった。

それから十八時間以上も、同じ部屋で取り調べが続いた。三人いっしょのこともあれば、別々のこともあったが、メグレと五人の部下が交代で締めあげた。

「馬鹿めが！」とメグレは彼らを見るなり言った。「長くなるから覚悟しとけよ」

この手の馬鹿どもは片意地を張って、なかなか口を割ろうとしない。頑として返事をしなければ、なんとかなると思っているのだ。あるいは次から次へ、でたらめを並べていればいい、五分前に言ったことと今言ったことがちぐはぐだってかまわないと。おれはほかのやつらより抜け目ないんだとばかりに、初めはやたらと虚勢を張りたがる。《おれたちの尻尾をつかめると思ったら、大間違いだぜ》と。

彼らは数カ月前からラファイエット通りの周辺で犯行を重ね、新聞では《押しこみ強盗団》と呼ばれていた。匿名のたれこみ電話があったおかげで、ようやく捕まえることができたのだ。

　カップの底にはまだコーヒーが残っていた。保温トレーに琺瑯《ほうろう》びきのコーヒーサーバーものっている。みんなやつれきって、陰気な顔つきだった。メグレはパイプを吹かしすぎて、喉がいがいがしていた。三人の悪党どもが留置場に戻されたら、ジャンヴィエを誘ってどこかで夜食にオニオンスープでも飲もう。眠気は飛んでしまった。十一時ごろ、疲れがぐっと押し寄せたとき、オフィスで少しうとうとしたけれど、今はもう眠たくはない。

「こいつらを連れていくよう、ヴァッシェに言ってくれ」

　みんなが刑事の詰め所から引きあげようとしたとき、電話が鳴った。メグレが受話器を取ると、たずねる声がした。

「もしもし、誰だ？」

　メグレは眉をひそめ、すぐには答えなかった。受話器のむこうから、また声がたずねる。

「ジュシューか？」

　今日の夜勤はもともとジュシューの予定だったが、メグレは十時に帰らせた。

「いや、メグレだ」と警視は不機嫌そうにつぶやいた。

「ああ、失礼しました、警視。緊急指令室《サントラル》のレイモンです」

　電話は別の建物からだった。緊急通報の電話は、そこにある大きな部屋にすべてつながるようになっていた。パリのいたるところに設置されている非常用連絡ボタンが押されると、部屋の壁一面を覆っている地図に小さなランプが灯り、係員が電話交換機の穴にプラグを挿しこむ。

そして《こちら緊急指令室《サントラル》》と応じるのだ。

喧嘩騒ぎのこともあれば、酔っぱらいが暴れていることもある。あるいはパトロール中の警官から、応援要請が来ることもあった。

その場合、緊急指令室《サントラル》の係員は別の穴にプラグを挿しこむ。

《グルネル通り警察署？　ああ、きみか、ジュスタン。車を一台、セーヌ河岸へやってくれ。二百十番だ……》

緊急指令室《サントラル》ではいつも、二、三人が夜勤についている。彼らのところでも、コーヒーが用意されているだろう。重大事件の場合は、司法警察局に知らせることもあった。知り合いがいれば、こうやって直接電話してくる。メグレはレイモンと顔見知りだった。

「ジュシューはもう帰った」とメグレは言った。「なにか彼に伝えることでも？」

「いえ、若い女の死体が見つかったものですから。ヴァンティミユ広場で」

「ほかに詳しいことは？」

「第二地区の連中が、もう現場に行っていると思います。わたしはほんの三分前に、連絡を受けたばかりなので」

「わかった。お疲れさん」

三人の猛者は取調室から連れ出され、ちょうどジャンヴィエが戻ってきた。瞼が少し赤いようだ。徹夜をしたときはいつもそうなのだが、無精ひげが伸びて、げっそりした顔をしている。

メグレはオーバーを着て帽子を捜した。

「じゃあ、帰るか」

二人は前後に並んで狭い階段を降りた。いつもなら、中央市場《レ・アール》に行ってオニオンスープを飲むところだ。中庭に並ぶ黒い小型車の前まで来て、メグレはためらいがちに言った。

「若い女の死体が見つかったそうだ。ヴァンティミユ広場で」

それから、家に帰って眠るのをやめる口実でも探すみたいに続けた。

「行ってみるか？」

ジャンヴィエは車の運転席に乗りこんだ。何時間もかかった訊問で二人とも疲れ果て、思考力が鈍って言葉少なだった。

メグレはうっかり忘れていたが、第二地区はロニョンの持ち場だった。同僚たちから、《不愛想な刑事》とあだ名されている男だ。思い出していたとしても、やはり現場に立ち寄ったろうけれど。ロニョンが今夜、ラ・ロシュフーコー通りの警察署で夜勤をしているとは限らないのだから。

通りはじっとりと濡れて、人気《ひとけ》がなかった。霧雨のなかにガス灯の光がぼんやりと浮かび、ときおり建物の壁ぎわをかすめるように歩く人影が見える。モンマルトル通りとグラン・ブールヴァールの交差点で、カフェが一軒まだ店をあけていた。そのむこうには二、三軒のナイトクラブがネオンサインを灯し、歩道に沿って客待ちのタクシーがずらりと並んでいる。

ヴァンティミュ広場はブランシュ広場から目と鼻の先にある、静かな離れ小島のような一角だ。そこに警察車両が一台、とまっていた。小さな公園の鉄柵の近くで、地面に横たわる明るい色の人形《ひとがた》を囲んで、四、五人の男たちが立っている。

メグレはすぐにロニョンの小柄で痩せた人影に気づいた。《不愛想な刑事》は仲間から離れ、誰がやって来たのか確かめに来た。そして彼のほうでも、メグレとジャンヴィエに気づいた。

「こいつは厄介だな」と警視は小声で言った。

というのもロニョンのことだからして、メグレがわざとやって来たと恨めしく思うに違いない。ここは彼の持ち場、縄張りだ。そこで彼が当直の晩、重大事件が起きた。ロニョンにとっては勇名を馳せる、待ちに待った機会だ。ところがいくつもの偶然が重なり、彼とほとんど同時に、メグレも現場にやって来ることになった。

「ご自宅に電話があったんですか？」とロニョンは、疑り深そうにたずねた。これはおれに対する陰謀だ、と思いこんでいるのだろう。

「まだ司法警察局にいたんだ。そうしたらレイモンから電話があって、来てみることにした」

とはいえメグレは、ロニョンのプライドに気を遣ってはいられなかった。どんな事件かも確かめず、早々に立ち去るわけにはいかない。

「死んでるのか？」と彼は歩道に横たわる女を指さしてたずねた。

ロニョンはうなずいた。三名の制服警官と、通りがかりの夫婦連れらしい男女が脇に立っている。警視があとで知ったところでは、その夫婦が死体を見つけて通報したのだという。現場がほんの百メートル違っていたら、すでに野次馬が大勢集まっていただろう。けれどもこんな真夜中、ヴァンティミユ広場を横ぎる者はほとんどいなかった。

「身もとは？」

「わかりません。身分証を持っていないので」

「ハンドバッグもなしか？」

「はい」

メグレは三歩歩み寄って、若い女の死体をのぞきこんだ。右の脇腹を下にして横たわり、濡れた歩道に頬をつけている。片方の足は、靴を履いていなかった。

「脱げた靴は見つかったのか？」

ロニョンは首を横にふった。絹のストッキングから足の指が透けて見えるのが、意外な気がした。女はサテンのイブニングドレスを着ていた。色はライトブルー。横になっているせいか、やけにぶかぶかしている。顔は若かった。二十歳《はたち》そこそこだろう、とメグレは思った。

「医者は？」

「今、待っているところです。もうすぐ来るでしょう」

メグレはジャンヴィエをふり返った。

「鑑識課を呼んでくれ。写真班をよこすようにって」

ドレスに血の跡は見られなかった。制服警官のひとりが持っていた懐中電灯で、警視は顔を照らしてみた。うえに見えているほうの目がかすかにむくみ、上唇が腫れているようだ。

「コートは着ていなかった？」

三月にしては暖かだが、薄物のドレス一枚で出歩くような晩ではない。なのにむき出しの肩にストラップがかかるだけのかっこうで、しかも天気は雨模様ときている。

「ここで殺されたのではないのかも」とロニョンは陰気な顔でつぶやいた。仕事だから警視に協力しているけれど、本当はこんな事件に興味ないとでもいうように。

彼はわざと少し離れたところに立っていた。ジャンヴィエはブランシュ広場のバーに、電話をかけにむかった。しばらくするとタクシーが止まって、近所の医者が降りてきた。

「ざっと見てください、先生。でも写真班が到着するまでは、動かさないように。死んでいるのは間違いありませんね」

医者はしゃがんで女の手首を取ると、無関心そうに黙って立ちあがった。そしてほかのみんなと同じように、ただぼうっと待っていた。

「そろそろ行きましょうよ」と妻のほうが言った。寒くなり始めたのか、夫の腕につかまっている。

「もう少し待てよ」

「待つって、何を？」

「わからないが、このままってことはないだろう」

メグレは二人をふり返った。

「住所、氏名はうかがってありますね？」

「ええ、さっきあちらの方に」夫婦はロニョンを指さした。

「死体を見つけたのは何時でした？」メグレがそうたずねると、二人は顔を見合わせた。

「クラブを出たのが三時だったな」

「三時五分よ」と妻のほうが訂正した。「あなたがクロークで荷物を受け取っているとき、腕時計を確かめたから」

「大した違いはないさ。ここまで来るのに、たった三、四分なんだし。広場を迂回しようとしたら、歩道にぼんやり明るく光るようなものが見えたんです」

「もう死んでましたか？」

「おそらく。じっと動きませんでしたし」

「触ってはいませんね？」

男のほうがうなずいた。

「警察に通報するよう、家内に言いました。クリシー大通りの角に警察署があるのを、知っていましたから。わたしたちはバティニョル大通りに住んでいるんです。目と鼻の先ですよ」

ほどなくジャンヴィエが戻ってきた。

「鑑識課はすぐに到着するそうです」とジャンヴィエは言った。

「ムルスはいたか?」

なぜかはわからないが、メグレは面倒な事件になりそうな気がした。彼はパイプをくわえ、両手をポケットにつっこんで、歩道に横たわる若い女の死体にちらちらと目をやった。流行遅れの、古ぼけた青いドレス。生地は見るからに安っぽい。モンマルトルのキャバレーにたくさんいるホステスなら、こんなドレスを着ているだろう。靴もそう。底がすり減った銀色のハイヒールは、いかにも彼女たちが履いていそうだ。

メグレが真っ先に思ったのは、帰宅途中のホステスが何者かに襲われ、ハンドバッグを奪われたのではないかということだった。だとしたら、靴が片方なくなっているのは奇妙だし、わざわざ被害者のコートを持ち去ったりしないはずだ。

「殺害現場はほかにあるんだろう」とメグレは小声でジャンヴィエに言った。

耳をそばだてていたロニョンが、満足げににんまりと笑った。その説を唱えたのは、彼のほうが先だったから。

「殺されたのがほかの場所だとしたら、どうして死体をこの広場に置いたのだろう? まさか女の死体を肩に担いで、運んできたわけでもあるまいに。きっと車に乗せたんだ。でもそれなら、どこかの空き地に隠すかセーヌ川に放りこむかしたほうが、ことは簡単じゃないか」

メグレが無意識のうちにいちばん気にかかったのは、被害者の顔だった。うつ伏せに倒れているので横からしか見えないが、殴られた痕のせいだろうか、ふてくされたような表情をしている。まるで拗《す》ねた少女みたいだ。頭のうしろになであげた柔らかな褐色の髪が、ふんわりと波打っている。化粧が雨に濡れてわずかに滲んでいるけれど、老けて見苦しい感じはしなかった。むしろ若々しい魅力が引き立っているくらいだ。

「ちょっとこっちへ来てくれ、ロニョン」

メグレは彼を脇に連れていった。

「何でしょう、警視」

「きみの見立ては？」

「警視もご存じでしょうに。わたしには見立てなんてありません。うえの指示で動くだけですから」

「被害者の女に見覚えは？」

ロニョンはブランシュ広場やピガール広場周辺を、誰よりもよく知っている。

「まったくありません」

「ホステスだろうか？」

「だとしたら、腰かけ勤めの新顔でしょう。ここらのホステスは、ほとんど全員把握してますから」

「きみの手を借りることになるな」

「嬉しいですが、気を遣わなくてもけっこう。司法警察局《ケ・デ・ゾルフェーヴル》がこの事件を担当するなら、わたしが口出しすることじゃない。別に文句を言ってるんじゃありません。当然のことですからね。もう慣れっこです。なんでも命令してください。そうすりゃこっちは最善を尽くします」

「だったら今からさっそく、ナイトクラブのドアマンに聞きこみをしてもらえるかな」

　ロニョンは地面の横たわる死体をちらりと見て、ため息まじりに答えた。

「行ってきます」

　わざと厄介払いさせられたんだ、とロニョンは思った。彼がいつものように疲れた足どりで通りを横ぎるのを、みんな見ている。意地でもふり返るまい。

　鑑識課の車が到着した。制服警官のひとりが、近づいてくる酔っぱらいを押しとどめた。倒れている《ご婦人》を誰も助けないのかと、憤慨しているようだ。

「てめえらおまわりは、みんなおんなじじゃねえか。誰かが飲みすぎたからって……」

　写真を撮り終えると、医者は死体のうえに身を乗り出してあおむけにさせた。正面から見た顔は、いっそう若く感じられた。

「死因は？」とメグレがたずねる。

「頭蓋骨骨折だ」

医者は死体の髪に指を挿しこんだ。

「とても重い鈍器で、頭を殴られている。ハンマーか、自在スパナか、鉛管か、まあそんなところだろう。その前に顔面も殴られているが、そっちはおそらく拳《こぶし》だな」

「おおよその死亡時刻はわかりますか？」

「ざっと見たところ、午前二時から三時のあいだくらい。正確な時刻は、検死解剖のあとポール先生に訊いてくれ」

法医学研究所の小型トラックも到着した。指示がありしだい遺体を担架にのせ、研究所があるオーステルリッツ橋のほうへ運ぼうと、職員たちは待機している。

「行っていいぞ」とメグレはため息まじりに言った。

それからジャンヴィエを目で捜す。

「なにか食べに行くか？」

二人とも食欲はなかったが、それでもブラッスリーの席につき、一時間前に決めていたとおりオニオンスープを注文した。被害者の写真を新聞社に送るよう、メグレは指示しておいた。うまくすれば朝刊に載るだろう。

「あっちにも行くんですか?」

ジャンヴィエは死体置き場《モルグ》のことを言っているのだと、メグレにはわかっていた。今は法医学研究所と呼ばれているけれど。

「ちょっと寄ってみるつもりだ」

「ポール先生が来てるでしょう。電話しておきましたから」

「カルヴァドスでもどうだ?」

「警視がお飲みになるなら」

隣の席で女が二人、シュークルートを食べていた。仕事帰りのホステスだろう、二人ともイブニングドレス姿だった。メグレは彼女たちを注意深く観察した。殺された女とどこか異なるところはないか、ほんの些細な点も見逃すまいとするかのように。

「きみは家に帰るか?」

「警視にお供します」ジャンヴィエは腹をくくった。

二人が法医学研究所に入ったとき、午前四時半になっていた。ポール医師も着いたばかりだった。検死解剖の前はいつものことだが、くわえ煙草で白衣に袖を通している。

「遺体はもう見てもらえましたか、先生」

「ああ、ざっと」

女の死体は裸で、大理石の台に寝かされていた。メグレは思わず目をそらした。

「どう思います？」

「年齢は十九から二十二。健康状態は良好だが、栄養失調ぎみだな」

「キャバレーのホステスだろうか？」

ポール医師は抜け目なさそうな小さい目で、メグレをじっと見つめた。

「いろんな客と寝ている娘かって？」

「まあ、そういうことです」

「だったら、答えはノンだ」

「どうしてそんなにきっぱりと断言できるんです？」

「この娘《こ》はまだ、誰とも寝たことがないからさ」

無影灯に照らされた遺体をぼんやりと眺めていたジャンヴィエは、顔を赤らめて目をそむけた。

「本当ですか？」

「間違いない」

検死医はゴム手袋をはめると、琺瑯びきのテーブルに解剖道具を並べた。

「ここで見てくか？」

「むこうで待ってます。長くかかりそうですか？」

「一時間弱だろう。何が見つかるか次第だが。胃の中身も調べたほうがいいかな？」

「お願いします。念のために」

メグレとジャンヴィエは隣の部屋へ行き、病院の待合室にいるみたいにむっつりした顔で腰かけた。二人とも、若い女の白い裸体が瞼の裏に焼きついていた。

「彼女、何者なんでしょうね」とジャンヴィエは、長い沈黙のあとにぼそっと言った。

「イブニングドレスを着るなんて、観劇かしゃれたナイトクラブか、社交界のパーティーに行くときくらいでしょうに」

二人とも、同じことを考えていた。なにかがしっくりこない。イブニングドレスを着ていくような気取ったパーティーは数が限られているし、普通そういう場所で、あんな古びた安物のドレスは見かけないだろう。

ポール医師の話からして、モンマルトルのキャバレーで働いている女とも考えにくい。

「結婚式だろうか」メグレは自信なさげに言ってみた。

それだったら、正装していてもおかしくない。

「そう思いますか？」

「いや」

メグレはため息をついて、パイプに火をつけた。

「待つしかないな」

それから十分間、二人とも黙りこくっていた。やがてメグレは言った。

「被害者の服を持ってきてくれないか？」

「どうしてもとおっしゃるなら」

警視はうなずいた。

「もうひとがんばりしてくれ」

ジャンヴィエはドアをあけて、部屋を出て行った。二分ほどして戻ってきた彼の顔が、あんまり真っ青だったので、吐くんじゃないかとメグレは心配になった。ジャンヴィエは手に青いドレスと、白い下着類を持っていた。

「ポール先生はそろそろ終わりそうかね？」

「わかりません。見ないようにしてたので」

「ドレスを貸せ」

ドレスは何度も洗って使い古されていた。縁のかがりをめくると、色があせているのがよくわかる。店のネームラベルには、《マドモワゼル・イレーヌ、ドゥエ通り、三十五の二》と書かれている。

「ヴァンティミユ広場の近くだな」とメグレは言った。

それから警視は、ストッキングを調べた。足の部分が片方、泥にまみれている。パンティやブラジャー、細いガーターベルトにも目を通した。

「被害者が身につけていたのは、これで全部かね？」

「はい、脱げていたほうの靴は、ノートルダム＝ド＝ロレット通りで見つかりました」

やはり同じ界隈だ。ポール医師の話を別にすれば、いかにもキャバレーのホステスか、モンマルトルのあたりにアヴァンチュールを求めてやって来た若い女にいそうなタイプってことになるのだが。

「ロニョンがなにか手がかりをつかむのでは？」とジャンヴィエは言った。

「さあ、どうだか」

二人とも重苦しい気分だった。ドアのむこうで何が行われているのか、考えずにはおれなかったから。四十五分ほどたって、ドアがあいた。隣の部屋をのぞいたが、遺体はもうなかった。法医学研究所の職員が、遺体をしまってある金属製の引き出しを閉めているところだった。

ポール医師は白衣を脱いで、煙草に火をつけた。

「大したことはわからなかった」と医者は言った。「死因は頭蓋骨の骨折だ。殴られた痕もあったな。それもひとつでなく、いくつも。少なくとも三発は、力いっぱい殴られている。何を使って殴ったのかは、はっきりわからないが。銅製の薪置き台か燭台か、重くて固いものなら、なんでもありかな。被害者はまず膝をついて倒れ、誰かにつかみかかろうとしたようだ。爪のあいだから、毛糸のくずが見つかったから。もうラボに送ってある。毛糸だってことは、被害者がそうやってしがみついたのは男の服だろう」

「それじゃあ、もみ合ったってわけですね」

ポール医師は戸棚をあけた。なかには白衣やゴム手袋、その他もろもろの品といっしょに、高級ブランデーのボトルもしまってあった。

「一杯、どうだ？」

メグレは遠慮なくもらうことにした。ジャンヴィエもそれを見てうなずいた。

「個人的な意見をつけ加えるなら、なんらかの鈍器で殴られる前に、拳か平手で顔を叩かれている。おそらく、往復びんたを食らわされたんじゃないかな。膝をついて倒れたのがそのときなのかどうかはわからないが、犯人はそれがきっかけで、始末をつけようと腹を決めたんだろう」

「言いかえれば、背後から襲われたんじゃないってことですね？」

「それはありえない」

「だったら、たまたま通りで強盗に狙われたのではないと？」

「ああ、わたしの意見ではね。犯行現場が戸外だという確証もない」

「胃の残留物からわかったことは？」

「あるとも。血液の分析からもね」

「何です？」

ポール医師の口もとに、薄笑いが浮かんだ。《いいか、聞いたらがっかりするぞ》と言わんばかりの笑みだった。

医師はとっておきの話を始めるかのように、少し間合いを取った。

「被害者はかなり酔っていたはずだ」

「たしかですか？」

「明日の報告書に、血液中のアルコール濃度をしっかり書いておく。胃の内容物についても、これから詳細な分析にかかるので、あとで送ることにする。最後に食事をとったのは、死亡の六時間から八時間前だ」

「死亡時刻は？」

「おおよそ午前二時くらいだろう。前かあとかと言われたら、二時前だな」

「つまり最後の食事は、午後六時か七時ってところですね」

「だが、最後の一杯はもっとあとだが」

死体が誰にも気づかれないまま、ヴァンティミユ広場に長時間放置されていたとは考えにくい。十分？　あるいは十五分？　せいぜい、そんなところだろう。だとすると、被害者が殺されてから死体が歩道に置かれるまで、少なくとも四十五分ほど時間があったことになる。

「アクセサリーは？」

ポール医師は隣の部屋へ、装身具を取りに行った。花形の小さなルビーがついた、金のイヤリング。もう少し大きめのルビーがついた指輪。安物ではないが、高価な品というほどでもない。形からみて三十年前か、もっと古いものかもしれない。

「ほかには何か？　手は調べましたか？」

手にはっきりとした変形が見られれば、そこから職業を推定できる。それがポール医師の得意技のひとつだった。おかげでこれまで何度も、身元不明者の正体を突きとめることができた。

「少しは家事もしていただろうが、さほど熱心ではなかったようだ。タイピストでもお針子でもない。三、四年前に盲腸の手術を受けているが、メスを振るったのはあんまり腕のいい外科医じゃないな。今のところ、わたしが言えるのはそれくらいだ。そろそろ寝たほうがいいぞ」

「ええ、そうですね」メグレはつぶやくように言った。

「おやすみ。わたしはもう少しここにいる。報告書は、午前九時ごろまでに届けるから。もう一杯どうだ？」

メグレとジャンヴィエは外に出た。セーヌ河岸にもやった平底船のうえを、そろそろ人が行き来し始めている。

「家まで送りましょうか、警視」

たのむ、とメグレは答えた。ちょうど列車が入ってきたリヨン駅の前を、二人は通りすぎた。夜空がしらみ始めている。空気は暗いうちよりもひんやりしていた。もう明かりが灯っている窓もあって、仕事にむかう人影がぽつぽつとあらわれ出した。

「出勤は午後からでいいぞ」

「警視はどうするんです？」

「おれも寝るつもりだ」

「おやすみなさい」

メグレはアパルトマンの階段を、音を立てずにのぼった。鍵穴に鍵を挿しこもうとしていると、ドアがあいた。ネグリジェ姿のメグレ夫人が明かりをつけ、まぶしそうに細めた目を夫にむけた。

「遅かったわね。今、何時？」

メグレ夫人がいくらぐっすり眠っているときでも、彼女に聞こえないよう階段をのぼるのは至難の業だった。

「さあな。五時すぎだろう」

「お腹は空いている？」

「いや」

「じゃあ、すぐに寝たほうがいいわ。コーヒーは？」

「たのむ」

メグレは服を脱いで、暖かなベッドに体を滑りこませた。けれどもなかなか眠れず、ヴァンティミユ広場で殺されていた若い女のことを考え続けた。パリが少しずつ目覚める音が、外から聞こえてくる。初めは遠くから響く、途切れ途切れの物音だった。やがてそれがひとつにまとまり、耳に馴染みのある交響楽を形作った。ビルの管理人たちが、歩道に沿ってごみバケツを並べている。牛乳屋の女店員がどかどかと階段をのぼって、瓶入りの牛乳を置いていく。

メグレ夫人は気をつけながらそっと起きあがった。メグレはまだ眠っていないのを悟られまいと、笑顔になるのを必死にこらえた。妻が浴室に入る音、台所でガスに点火する音が聞こえ、やがてコーヒーの香りがアパルトマンの部屋に漂ってきた。

メグレはわざと眠らないようにしていたのではない。あまりに疲れすぎて、かえって目が冴えてしまったのだ。

彼が部屋着とスリッパ姿でキッチンに入っていくと、朝食をとっていたメグレ夫人はびっくりした。電灯はまだつけたままだが、外はもう明るくなっている。

「眠れないの？」

「ああ」

「朝食にする？」

「そうだな」

メグレ夫人は、夫のコートがぐっしょり湿っているのに気づいていた。けれども彼が夜中じゅう、外で何をしていたのかはたずねなかった。

「風邪をひいたんじゃないの？」

メグレはコーヒーを飲み終えると、第二地区の警察署に電話をした。

「ロニョン警部はいるか？」

キャバレーはどこも、とっくに閉まっているはずだ。ロニョンは家に帰って寝ているかもしれない。ところが彼は警察署にいた。

「ロニョンか？　メグレだ。なにかつかめたか？」

「いいえ、なにも。キャバレーをひととおりまわって、客待ちのタクシー運転手にも話を聞いたんですが」

そうだろうと思っていた。ポール医師の話からして、被害者はホステスではない。

「もう帰って寝ていいぞ」

「警視のほうは？」

ロニョンが言いたいことは、見当がつく。

《わたしを寝かせて、好きなように捜査を進めようっていうんですね。そしてあとから、ロニョンの馬鹿は成果なしだったって嘲笑《あざわら》うつもりなんだ》

メグレはロニョン夫人のことを思った。痩せて愚痴っぽく、病弱なせいでコンスタンタン＝ペクール広場のアパルトマンに閉じこもりっきりだった。ロニョンは家に帰っても、妻の不平を聞きながら、家事や買い物をさせられるだけなのだろう。《食器棚の下は、ちゃんと掃除したの？》とか。

メグレは《不愛想な刑事》に哀れを催した。

「ひとつ、手がかりがあった。どんな収穫が得られるかはわからないが」

相手は受話器のむこうで黙っている。

「本当に眠たくないっていうなら、一、二時間後に迎えに行くが」

「お待ちしてます」

メグレは司法警察局に電話して、車の手配を命じた。まずは法医学研究所に寄って被害者の服を受け取り、それから家に迎えに来るようにと。

風呂に入っていたら、ようやく眠気が襲ってきた。よほどロニョンに電話して、ドレスのネームラベルにあったドゥエ通りのマドモワゼル・イレーヌのところへはひとりで行くように言おうか、と思ったほどだった。

雨はあがっていた。白っぽい空を、黄色い光がぼんやりと照らしている。このぶんなら、夕方までにだんだんと明るくなりそうだ。

「昼食は家で？」

「たぶん。なんとも言えないが」

「捜査は昨夜のうちに終えるつもりだったんじゃないの？」

「前の一件は片がついたが、別の事件が持ちあがって」

家を出るのは、司法警察局の小型車が歩道の脇にとまるのが見えてからでいい。運転手がクラクションを三度鳴らすと、メグレは窓から手をふった。

「今、行く」

十分後、車がモンマルトル大通りにさしかかったころにはもう、結局一睡もしなかったことも忘れていた。

「どこかでとめてくれ。白ワインでも一杯やろう」

2 《不愛想な刑事》は昔馴染みと出会い、ラポワントは奇妙な任務をまかされる

ロニョン警部はロシュフーコー通りの歩道の脇で待っていた。背中を丸めたその姿は遠目にも打ちひしがれ、まるで運命の重みがずっしりと肩にのしかかっているかのようだった。一年中着ているグレーのスーツはよれよれで、アイロンなどかけたこともないのだろう。そのうえから同じグレーのコートをはおり、茶色いおかしな帽子をかぶっている。彼がその朝、むっつりとした顔つきだったのは、なにも徹夜明けだったからでも、鼻かぜ気味だったからでもない。彼はいつだってそんな顔をしているし、起き抜けでもこんな悲しげな表情を見せていることだろう。

メグレは迎えに行くからと、電話で彼に伝えてあったものの、外で待ってろとは言わなかった。ロニョンはわざとやっているのだ。何時間も前からそこにつっ立っているみたいに、わざと歩道の脇にたたずんでいる。せっかくの事件を横取りされただけでなく、さんざん時間を無駄にさせられ、眠れない夜をすごしたあげくに路上で待たされているのだと

ばかりに。

メグレは車のドアをあけてロニョンをのせるとき、警察署の正面にちらりと目をやった。そよとも動かない風のなかに、色あせた三色旗がたれさがっている。この建物から、メグレのキャリアは始まった。最初は刑事ではなく、署長の秘書だった。

ロニョンは黙ってすわっていた。どこにむかうのか、たずねようともしない。運転手は指示を受けていたので、左に曲がってドゥエ通りにむかった。

ロニョンと話すのは、いつでも気を遣う。何を言っても、彼は侮辱されたと思いかねないから。

「新聞は読んだか？」

「そんな時間はありませんでした」

メグレはさっき買ってきた新聞を、ポケットから取り出した。被害者の顔写真が、一面に載っている。目と唇にあざがあるけれど、知り合いが見ればわかるはずだ。

「今ごろ司法警察局に電話がかかり始めているんじゃないかな」と警視は言った。

ロニョンはこう思っていることだろう。

《つまりおれが夜通し駆けずりまわったのは、無駄だったってことじゃないか。キャバレーからキャバレーへ、タクシー運転手からタクシー運転手へって。写真を新聞に載せて、電話を待つだけでいいんだから》と。

ロニョンの顔に浮かんでいるのは、冷笑ではなかった。どう言ったらいいのだろう、それは陰鬱なあきらめの表情だった。人間がいかに残酷ででたらめかを示す、生きた証になる決意だとでもいうような。

ロニョンはなにもたずねなかった。おれは警察組織のなかの、しがない歯車にすぎない。歯車になんか、誰もいちいち説明なんかしやしないんだ。

ドゥエ通りは人気《ひとけ》がなかった。管理人の女がぽつんとひとり、戸口に立っている。車は薄紫色に塗られた店の前にとまった。入口のうえの看板には、イギリス風の書体で書かれた《マドモワゼル・イレーヌ》という店名の下に、小さな文字で《オートクチュール・ドレスの店》とある。

埃っぽいショーウインドウに飾ってあるのは、スパンコールをちりばめた白いドレスと、黒いシルクのワンピースの二着だけだった。メグレは待っているよう運転手に言うと、法医学研究所が用意した茶色い紙包みを持って車を降りた。ついてこい、とロニョンに合図する。

店のドアをあけようとして、鍵がかかっているのに気づいた。ノブもまわらない。もう九時半すぎだった。ショーウインドウに顔を押しあててなかをのぞくと、店の奥に明かりが灯っていた。警視はドアをノックした。

そのまま、数分がすぎた。メグレがこんなにやかましくドアを叩いているというのに、なかにいる誰にも聞こえていないかのように。警視の脇ではロニョンが、黙ってじっと待っている。彼は煙草を吸わなかった。やめてもう何年にもなる。妻が体をこわし、煙草の煙で息が苦しいと訴えたからだ。

奥の戸口に、ようやく人影があらわれた。赤い部屋着を着た若い女だった。女は胸もとがはだけないよう押さえながらちらりと二人を見て、奥にひっこんだ。誰かと話しに行ったのだろう。そしてほどなく戻ってくると、ドレスやコートでいっぱいの店内を抜けて、ようやくドアをあけた。

「なんのご用ですか?」と女はたずね、いぶかしげにメグレとロニョン、紙包みに目をやった。

「イレーヌさんですか?」

「いえ、わたしでは」

「イレーヌさんは今、ここに?」

「店はまだあけてません」

「イレーヌさんに話があるのですが」

うだ。寝起きで、まだぼんやりしているのだろうか。あるいは生まれつき、反応が鈍いのか。

女は驚いたふうも、おびえたふうもなかった。近くから見ると、十八にもなっていなそうだ。寝起きで、まだぼんやりしているのだろうか。あるいは生まれつき、反応が鈍いのか。

「見てきます」と女は言って、奥の部屋にむかった。

小声で誰かと話す声が聞こえる。やがてその誰かが、ベッドから抜け出るような音がした。マドモワゼル・イレーヌが髪を梳かして部屋着をはおるのに、さらに二、三分かかった。

それは顔色の悪い、青い大きな目をした年配の女だった。まばらな金髪は、根もとが白くなっている。初めは顔だけのぞかせて来客を眺めていたが、やがてコーヒーカップを手にしたまま、つかつかと近寄ってきた。

女はメグレにではなく、ロニョンに話しかけた。

「わたしにまだ、何の用があるの?」と彼女はたずねた。

「さあね。警視からお話があるそうです」

「イレーヌさんですね?」とメグレはたずねた。

「本名かどうかをお知りになりたいのかしら？　もしそうなら、戸籍の名前はクマール。エリザベート・クマールよ。でもこの仕事には、イレーヌのほうが合ってるので」

メグレはカウンターに歩みより、紙包みをひらいて青いドレスを取り出した。

「このドレスに見覚えはありますか？」

彼女は一歩近寄ってじっくり眺めるまでもなく、ためらわず答えた。

「もちろん」

「いつお売りになりました？」

「売ったんじゃありません」

「でも、あなたのお店の品物ですよね？」

女は彼らに椅子をすすめなかった。動揺したようすも、不安そうなようすもない。

「だから何だっていうの？」

「このドレスを最後に目にしたのはいつのことで？」

「それがそんなに大事なことなんですか？」

「かもしれません」

「昨晩よ」

「何時に？」

「九時少しすぎかしら」

「夜の九時に、店をあけているんですか？」

「十時前に閉めたことはありません。ぎりぎりになって買い物に来るお客も、ほとんど毎日のようにいますから」

　ロニョンは先刻承知しているのだろうが、自分には関わりないとでもいうように、素知らぬ顔をしている。

「ここの顧客は、おもにキャバレーのホステスか芸人連中ですよね？」

「そういうお客もいれば、それ以外のお客もいます。夜の八時にようやく起き出すような娘《こ》は、いつも着るものがなにか足りなくて。ストッキングとかベルトとかブラジャーとか。あるいは前の晩、ドレスにかぎ裂きをこしらえたのに気づくこともあるし……」

「このドレスは売ったんじゃないと、さっき言いましたよね？」

　女は隣室の戸口に立っている娘をふり返った。

「ヴィヴィアーヌ、コーヒーをもう一杯、持ってきてちょうだい」

　娘はまるで奴隷みたいにさっと女に駆け寄り、コーヒーカップを受け取った。

「店の使用人ですか？」とメグレは娘を目で追いながらたずねた。

「いいえ。保護してあげたんです。ある晩、ふらりとやって来て、そのまま住みついたっていうか」

　女はそれ以上、説明する気はないらしい。ちらちらロニョンに目をやっているところを見ると、彼は事情をよく知っているのだろう。

「昨晩の話に戻りましょう」とメグレは言った。

「彼女がやって来たのは……」

「ちょっと待って。前から彼女を知ってたんですか？」

「一度会ってますから」

「いつごろ？」

「一カ月ほど前です」

「それじゃあ、前にもドレスを買っていったと？」

「いいえ。貸したんです」

「服の貸し出しもしているんですか？」

「ときには」

「だったら、名前や住所も言ったのでは？」

「ええ、紙切れにメモしたはずです。捜したほうがよければ……」

「あとでけっこう。最初に貸したのも、イブニングドレスだったんですか？」

「ええ、昨晩と同じドレスです」

「前に来たときも、遅い時間でしたか？」

「いいえ。夕食のすぐあと、八時くらいでした。イブニングドレスが要るけれど、買うお金がないと言い、本当に貸し出しもしているのかたずねました」

「ほかの客と違っているようには、感じませんでしたか？」

「みんな最初は違って見えますがね。でも何カ月かすると、同じになっていくんです」

「彼女のサイズに合うドレスは見つかりましたか？」

「あなたが手にしている青いドレスは四十号で、ちょうどぴったりでした。それを着て夜をすごした女の子は、このあたりに数知れずいるわ」

「彼女は借りたドレスを持ち帰ったんですか？」

「最初のときはそうでした」

「そして翌日、返しに来たと？」

「翌日の正午にね。そんなに早く来るなんてと、びっくりしたけど。あの手の娘《こ》は、たいてい昼間ずっと寝てますから」

「代金はちゃんと払いましたか？」

「ええ」

「そのあとおとといの晩まで、ずっと彼女に会うことはなかったんですね？」

「ええ、さっきも申しあげたように。彼女は九時少しすぎにやって来て、このあいだのドレスはまだあるかとたずねました。あると答えると、こう言いました。今回は保証金を払うことができないけれど、もしよければ、今着ている服を置いていくからって」

「ここで着替えたんですか？」

「そうです。靴とコートも必要でした。まずまずちょうどいいような、ビロードのケープを見つけてあげました」

「彼女はどんなようすでした？」

「そりゃまあ、イブニングドレスとコートがどうしても必要だっていう顔をしてましたよ」

「つまり、彼女にはそれが重要だったと？」

「女の子たちは、いつだってみんなそこに賭けてます」

「誰かと待ち合わせをしているような印象でしたか？」

女は肩をすくめ、ヴィヴィアーヌが持ってきたばかりのコーヒーをひと口飲んだ。

「ヴィヴィアーヌも彼女に会ったんですか？」

「着替えを手伝いましたから」

「なにかきみに話していたかね？」とメグレはヴィヴィアーヌにむかってたずねた。

するると女主人が、代わりに答えた。

「この娘《こ》は話しかけられても、なにも聞いてません。関心がないんです」

たしかに、なんだかうすぼんやりした娘《むすめ》だった。目にはなんの表情もなく、歩くときもやけにひっそりと体を動かす。太った洋品店主の隣に控えていると、まさに奴隷女か、むしろ犬のようだった。

「靴やストッキング、銀色のハンドバッグも見繕《つくろ》ってあげました。あの娘《こ》になにかあったんですか？」

「新聞を読んでませんか？」

「あなたがノックしたときは、まだ寝ていましたから。ヴィヴィアーヌはコーヒーを淹れるので忙しかったし」

メグレは新聞をさし出した。女は写真を見ても、驚いたようすはなかった。

「この娘《むすめ》ですね？」

「ええ」

「驚かれていないようだが」

「とっくの昔から、なにがあっても驚きません。ドレスは使いものにならないわね？」

「雨でびしょ濡れですが、破れてはいません」

「だったらよしとすべきね。彼女の服は、そちらにお返しすればいいですか？　ヴィヴィアーヌ！」

ヴィヴィアーヌはそれだけでわかったらしく、服がさがっている戸棚のひとつをあけ、黒いウールのワンピースをカウンターに置いた。メグレはすぐにメーカー名が書かれていないか調べた。

「これは彼女が自分で作ったワンピースです」とマドモワゼル・イレーヌは言った。「コートを持ってきて、ヴィヴィアーヌ」

コートも毛織の安物だった。ベージュの地に茶色い格子縞が入っていて、ラファイエット通りのデパートで売られていたものらしい。

「見てのとおり、大した品じゃありません。靴も似たようなものね。それに、スリップも」

カウンターのうえにすべて並べ終えると、《奴隷女》はホワイトメタルの留め金がついた黒い革のハンドバッグを持ってきた。なかに入っていたのは、エンピツ一本と使い古した手袋だけだった。

「ハンドバッグも貸したとおっしゃいましたよね？」

「ええ、あの娘《こ》は自分のハンドバッグを使いたいと言いましたが、それではドレスに合わないからと、銀色の小さなハンドバッグを見つけてあげました。彼女はそこに口紅とパウダー、ハンカチをしまいました」

「財布は持っていなかった？」

「おそらく。注意していませんでしたが」

ロニョンはあいかわらず、呼ばれてもいない会話に立ち会っているかのように、脇に立っていた。

「店を出たのは、何時ごろ？」

「服を着るのに、十五分ほどかかりました」

「彼女は急いでいましたか？」

「そのようでした。二、三度、時間を確かめていましたから」

「腕時計で？」

「彼女が腕時計をしているのは、見ていません。カウンターのうえに時計が掛けてあります」

「彼女がここを出たときには、雨が降っていたはずですが、タクシーに乗ったんでしょうかね？」

「通りにタクシーはありませんでした。彼女はブランシュ通りのほうへむかっていきました」

「あらめて名前と住所を言っていきましたか？」

「別にたずねませんでした」

「最初のときにメモした紙を捜してもらえますか？」

女はため息をつきながらカウンターのむこう側にまわり、引き出しをあけた。ものがごちゃごちゃに詰まっている。手帳、請求書、鉛筆、生地見本。それにありとあらゆる種類のボタンが山ほど。

女は引き出しのなかを気がなさそうにひっかきまわしながら、こう言った。

「だってほら、住所を控えても、意味ないんです。たいていみんな、家具つきの部屋に住んでいて、下着をはき替えるみたいに居場所を変えますから。家賃が払えなくなると、姿を暗まして……だめ、見つからないわ。住所はたしか、この近くのはずなんですが。誰でも知っているような通りだったけれど、思い出せないわ。どうしてもと言うなら、あとでまた捜して、電話しましょうか……」

「お願いします」

「こっちの刑事さんは、いっしょに働いているんですか？」と女はロニョンを指さしてたずねた。「わたしのことなら、このひとから聞いてください。何年も前からずっと、真面目に働いてるって、言ってくれるはずですから。そうでしょ？」

メグレは茶色い紙で、持って帰る衣類を包んだ。

「青いドレスは置いていってもらえないんですか？」

「今はまだ、だめなんです。あとでお返しします」

「しかたないわね」

店を出ようとするまぎわ、ふと別の疑問がメグレの頭に浮かんだ。

「昨晩、彼女はここに来て、ただドレスを借りたいと言ったんですか？　それとも、前に着たのと同じドレスがいいと？」

「前と同じドレスを借りたいと言いました」

「もしなかったら、別のドレスを借りていったでしょうかね？」

「それはわかりませんが、ともかく彼女は、まだあのドレスがあるかとたずねました」

「ありがとうございます」

「どういたしまして」

メグレとロニョンが車に乗ると、ヴィヴィアーヌがそのうしろで店のドアを閉めた。ロニョンはあいかわらず黙ったまま、質問を待っていた。

「あの女、前《まえ》があるのか？」

「三、四回、ムショ暮らしをしてます」

「隠匿か？」

「そうです」

「最後に有罪判決を受けたのはいつ？」

「四、五年前でしたか。もともとはダンサーだったんですが、そのあと売春宿を始めました。その手の店が、まだあったころのことです」

「前からいつも、女奴隷をおいているんだろうか？」

運転手は、どこに行けばいいのか指示を待っていた。

「きみは自宅に帰るのか、ロニョン？」

「なにか早急にやるべきことがないなら」

「コンスタンタン＝ピクール通りへやってくれ」と警視は運転手に言った。

「けっこうです。歩いていけますから」

やれやれ、ロニョンはいつでも惨めったらしくへりくだって見せないと、気がすまないのだ。

「あのヴィヴィアーヌって娘《こ》と、前にも会ったことは？」

「彼女は初めてです。イレーヌが家に住まわせる娘《こ》は、ときどき替わるんです」

「追い出すのか？」

「いいえ、自分から出ていくんです。するとまた、一文無しで寝る場所もないような娘《こ》を拾ってきて」

「なんのために？」

「路上に放ってはおけないからでしょう」

ロニョンはこう言いたいのだろう。

《わかってますよ、あなたはそんなこと、信じちゃいないって。どんな忌まわしい下心があるかわかりはしないって、あなたは思っているんだ。でも、あんな女だって、ひとを哀れむことはある。ただ思いやりの気持ちからなにかすることもあるんです。わたしだって同じです。みんなはわたしのことを……》

メグレはため息をついた。

「ひと休みしたほうがいいぞ、ロニョン。今晩また、きみの手助けが必要になるだろうから。この事件をどう思う？」

ロニョンはなにも答えず、ただ肩を軽くすくめただけだった。どうせみんな、おれを馬鹿だと思っているんだ。おれの見解をあてにするふりなんか、してくれなくてもけっこうですとでもいうように。

ロニョンがそんなふうに思うのは、残念なことだった。彼は頭がいいだけじゃない、パリ警視庁でももっとも仕事熱心な警察官のひとりなのに。

車は賃貸マンション前の小さな広場にとまった。

「署に電話してくれますか？」

「いや、家で待っててくれ。そのほうがいい」

三十分後、メグレは包みを腕に抱えて司法警察局に着き、刑事の詰め所に入った。

「リュカ、おれになにか連絡は？」

「ありません」

メグレはがっかりしたように眉をひそめた。妙だな。写真が新聞に載って、もう何時間にもなるのに。

「電話もなしか？」

「一本だけ。中央市場《レ・アール》で起きたチーズ盗難のことで」

「おれが言ってるのは、昨晩殺された若い女の事件だ」

「まったくなしです」

ポール医師の報告書が机に置いてあった。ざっと目を通したけれど、昨夜、検死医から直接聞いたことが書かれているだけだった。

「ラポワントを呼んできてくれ」

メグレは待っているあいだ、肘掛け椅子に広げた衣服と、殺された若い女の写真を交互に眺めた。

「どうも、警視。わたしになにか?」

メグレは部下に写真とワンピース、下着を見せた。

「まずこれをそっくり、鑑識課のムルスのところへ持っていき、いつもどおりにやってもらってくれ」

いつもどおりというのは、服を紙袋に入れて振り、落ちた埃を顕微鏡で調べて分析することだった。ときにはそれで、成果が得られることもある。

「ハンドバッグ、靴、イブニングドレスも見てもらえ。いいな」

「はい。被害者の身もとは、まだわからないんですか?」

「身もともなにもわからない。わかっているのは、彼女が昨晩、モンマルトルの店でこの青いドレスを借りたってことだけで。ムルスが検査を終えたら、法医学研究所へ行って、死体をよく見てこい」

警察に入ってまだ二年の若いラポワントは、顔をしかめた。

「いいか、大事なことだぞ。そうしたら、どこでもいいからモデル斡旋所に行くんだ。サン＝フロランタン通りに一軒ある。そこで被害者と背かっこうが同じくらいの若い女を探してこい。服のサイズは四十号だ」

ラポワントは一瞬、上司が本気で言っているのか疑った。もしかして、おれをからかっているんだろうか？

「それから？」と彼はたずねた。

「モデルにワンピースを着せ、ぴったりだったら鑑識課に連れていき写真を撮らせろ」

ラポワントもわかってきた。

「それで終わりじゃない。死体の写真も撮るんだ。まるで生きているみたいに化粧をさせた写真をな」

鑑識課には、そうした作業が得意な写真係がひとりいた。

「あとは二枚の写真を組み合わせたモンタージュをつくるだけだ。モデルの体に死体の顔をくっつけて。さあ、急げ。夕刊の最終版に間に合わせたいんでな」

メグレはオフィスにひとり残って、提出しなければならない書類に何枚かサインをすると、パイプに煙草を詰めた。そしてリュカを呼び、念のためにイレーヌことエリザベート・クマールの調書を持ってこさせた。なにか成果があるとは期待していなかった。彼女が嘘をついていないのはわかっている。けれど今のところ、ヴァンティミュ広場で殺されていた女に会ったことがあるのは、彼女だけだった。

時がすぎるにつれ、メグレの驚きは増すばかりだった。一本の電話もかかってこないなんて、どうなってるんだ？

被害者の女がパリに住んでいたとして、考えられる可能性はいくつかある。まずは、両親といっしょに暮らしていたとしよう。その場合、両親は新聞の写真を見て、近くの警察署か司法警察局に飛んでくるはずだ。

ひとり暮らしでも、隣近所の住人やアパルトマンの管理人とは顔見知りだろうし、近くの店で買い物もしていただろう。

ルームメイトといっしょに住んでいるのも、よくあることだ。それなら彼女が行方不明になって心配し、写真を見て気づく人物が、もうひとり増えることになる。

学生や、働いている若い女むけの寮に入っていたのかもしれない。そうした施設はいくつもある。だとすれば、知り合いはさらにたくさんになる。

あとはパリにごまんとある、小さな家具つきホテルに住んでいたかだ。

メグレは刑事の詰め所を内線で呼び出した。

「トランスはいるか？　手が空いているようなら、こっちへ来るように言ってくれ」

被害者が両親と暮らしていたなら、待っているしかない。個人の家にひとりで、あるいは友だちと間借りしていた場合も同じだ。しかしそれ以外の場合、こちらから攻めてかかれる。

「まあ、すわれ、トランス。あの写真を見ただろ? よし、夕方ごろには、もっといい写真ができる。被害者が、黒いワンピースとベージュ色をしたチェックのコートを着ている写真だ。知り合いが見慣れているのは、そっちのかっこうだろう」

ちょうどそのとき、陽光が窓から射しこみ、机のうえに光の筋を描いた。メグレは一瞬、言葉を切って、びっくりしたようにその筋を見つめた。窓の桟にとまった鳥を眺めるみたいに。

「まずはホテル管理課へ行き、この写真を家具つきの安ホテルに見せてまわるように言ってくれ。九区と十八区から始めるほうがいいだろう。意味はわかるな?」

「はい。女の名前は割れたんですか?」

「いや、まだなにもわからない。きみは若い女性むきの寮をリストアップし、ひととおりあたってみてくれ。たぶん、空ぶりに終わるだろうが、どんな可能性もなおざりにしたくないんだ」

「わかりました」

「それだけだ。なるべくすばやく行けるよう、車を使え」

急に暖かくなり始め、メグレは窓をあけた。それから机のうえの書類を、さらに何枚か処理して、時間を確かめた。ひと眠りしたほうがよさそうだ。

「四時に起こしてくれ」彼は家に戻ると、妻にたのんだ。

「どうしても起きなきゃならないなら、しかたないけど」

どうしても、というわけではない。どのみち、待つしかないのだ。横になるとすぐに、メグレはぐっすり眠りこんだ。そして妻がコーヒーカップを手に、ベッドに歩み寄ってきたとき、陽がさんさんと射す部屋に立つその姿を見てメグレははっと飛び起きた。

「四時よ。あなたが起こせと……」

「ああ、わかってる……電話はあったか？」

「水道屋から、工事のことでわたしに……」

夕刊の第一版は、午後一時くらいに出る。そこには、朝刊と同じ写真が載っているはずだ。

被害者の死に顔は、多少面《おも》がわりしていたとしても、イレーヌは二回しか会っていないのに、ひと目で彼女だとわかった。

もしかしたら被害者の女は、パリの住民ではなかったのかもしれない。ホテルに泊まっていたわけでもない。ドレスを借りにドゥエ通りの店にあらわれたときは、二回ともその数時間前にパリに着いたのかも。

いや、それはないだろう。着ていた服は手製のワンピースを除いて、ラファイエット通りの店で買ったものなのだから。

「夕食には戻るの？」

「ああ、たぶん」

「今夜も外でお仕事なら、暖かいコートを着ていったほうがいいわ。日が暮れると、冷えるから」

メグレは司法警察局のオフィスに入った。デスクパットのうえには、なんのメッセージもない。進展なしか。彼はリュカを呼んだ。

「あいかわらず、電話はかかってこないか？」

「一本もなしです、警視。エリザベート・クマールの調書をお持ちしました」

メグレは立ったまま書類に目を通したが、ロニョンから聞いた以上のことは書かれていなかった。

「ラポワントが新聞社に写真を送りました」

「やつは来てるのか？」

「警視を待ってます」

「呼んで来い」

モンタージュ写真はすばらしいできで、メグレは思わずはっとした。突然、目の前に、若い女の姿が浮かびあがった。それはヴァンティミユ広場で雨のなか、懐中電灯に照らし出された死体でも、そのあと法医学研究所で垣間見た、大理石の台に横たわる死体でもない。まだ生きていたときの彼女は、こんなふうだったのだろう。昨晩、マドモワゼル・イレーヌの店にあらわれたときの彼女は。

ラポワントも少なからずショックを受けたらしい。

「どう思いますか、警視?」と彼はためらいがちに言った。

そして沈黙のあと、こう続けた。

「美人ですよね?」

本当はそんなふうに言うつもりではなかったし、彼女にぴったりの表現でもなかった。たしかに美人ではあるけれど、そこにはもっと、いわく言いがたいものがある。カメラマンの腕なのか、生気を宿した目は、難解な疑問を投げかけているかのようだった。

二枚の写真では、黒いワンピースしか着ていない。もう一枚では茶色い格子縞のコートを着て、あとの一枚はイブニングドレス姿だった。パリの通りを歩いている姿が、目に浮かぶようだ。そこには彼女と同じようなたくさんの若い女たちが人ごみのあいだをすり抜け、ショーウインドウの前でちょっと立ちどまっては、またどこへ行くとも知れずに歩き始める。

彼女にだって父親もいれば、母親もいたはずだ。学校へ通い始めれば、クラスメイトだっていた。年ごろになった彼女を知っている人々もいただろう。女たち、男たち。彼女とおしゃべりをし、彼女の名前を呼んでいた人々が。

なのにこうして殺された今、誰ひとり彼女を思い出そうとしない。心配している者もいない。まるで彼女が、初めからこの世に存在していなかったかのように。

「大変だったんじゃないか?」

「何がです?」

「モデルを見つけることさ」

「ちょっとばつが悪かったですね。十人くらいにぐるっと取り囲まれてしまい、ぼくが服を見せると、みんな着てみるって言うんです」

「おまえの目の前でか?」

「慣れてるんですよ」

純朴なラポワントは司法警察局に入ってもう二年になるのに、そんなことでいまだに顔を赤らめた。

「写真を地方の憲兵隊にもまわしておけ」

「わたしもそれがいいと思い、指示を待たずに送っておきました」

「けっこう。警察署にも手配したか？」

「三十分前に出しました」

「ロニョンに電話をつないでくれ」

「第二地区に？」

「いや、自宅にいるはずだ」

ほどなく、受話器から声がした。

「ロニョン警部です」

「メグレだ」

「わかってます」

「きみのオフィスに写真を送っておいた。あと一、二時間したら、同じ写真が新聞にも載るはずだ」

「また聞きこみを始めましょうか？」

理由はうまく言えないが、どうせ無駄だろうとメグレは思った。被害者はイレーヌの店へ行き、イブニングドレスを借りている。それに殺害が行われた時刻と場所。どう考えても、ナイトクラブが立ち並ぶ地区と関連がありそうだ。

正装が必要な場所に行くのでもなかったら、被害者の女はなぜ夜の九時に、イブニングドレスを着なければならなかったのか？

劇場の開幕時間はとっくにすぎているし、オペラ座か舞台初日を除けば、どうしても夜会服の着用が求められるわけではない。

「念のため、まわってくれ。特に夜勤のタクシーをあたってみるんだ」

電話を切るとラポワントがまだそこにいて、命令を待っていた。どんな指示を与えたらいいのか、メグレはわからなかった。

いちおう、ドゥエ通りの店にも電話をしてみた。

「イレーヌさんですか？」

「そうですが」

「住所を書いたメモは見つかりましたか？」

「ああ、警視さんですか……それが、あちこち捜したんですが。きっと紙切れを捨ててしまったか、お客さんのサイズを書くのに使ってしまったんでしょう。でも、ファーストネームを思い出しました。間違いないはずです。彼女、ルイーズっていいました。名字のほうも、たしかLで始まりました。《ラ》なんとか……《ラ・モンターニュ》とか、《ラ・

ブリュイエール》とか……別の名前ですが、似たような感じの……」

「彼女が自分のハンドバッグの中身を銀色のハンドバッグに入れ替えたとき、身分証があったかどうかはわかりませんか？」

「わからないわね」

「鍵束はどうです？」

「ちょっと待って。そういえば、鍵は見たような気がします。束ではなく、ひとつだけですけど。小さな銅の鍵でした」

受話器のむこうで、大きな呼び声が響いた。

「ヴィヴィアーヌ！　ちょっと来てちょうだい」

イレーヌが奴隷女（保護している女というべきか）に何を話しているのかは、よくわからなかった。

「ヴィヴィアーヌも鍵を見たそうです」とイレーヌは言った。

「平たい鍵ですか？」

「ええ、今、みんなが使っているような、普通の鍵です」

「お金はありませんでしたか？」

「たたんだお札が何枚かありました。それも覚えています。たくさんじゃありませんが。

たぶん、二、三枚でしょう。百フラン札です。それっぽっちじゃ遠くには行けないって思いました」

「ほかにはなにも？」

「ええ、それだけだったかと」

ノックの音がした。ジャンヴィエがちょうど着いたのだ。机のうえの写真を見て、彼もメグレに劣らずショックを受けたらしい。

「彼女の写真を見つけたんですか？」ジャンヴィエは驚いたようにたずねた。

彼は眉をひそめ、もっと近くから写真を見た。

「鑑識課で作ったんですね」

そしてつぶやいた。

「風変わりな女だな」

あいかわらず、彼女のことはなにもわからない。わかっているのは、洋品店の女主人以外、知り合いは誰もいないらしいということだけだ。

「さて、どうします？」

メグレは肩をすくめて、ただひと言、こう答えた。

「待つしかないな」

3　電話で話し慣れていない子守り娘と、クリシー通りの老婦人

メグレは少しがっかりして、夜の七時までむっつりと司法警察局に残っていたが、結局バスに乗ってリシャール＝ルノワール大通りの自宅に戻った。小さな丸テーブルに広げた新聞の一面には、被害者の写真が載っている。記事のなかには、メグレ警視が事件を担当すると書かれているのだろう。

けれどもメグレ夫人は、なにもたずねなかった。わざと軽いおしゃべりで、気を紛らわそうともしない。二人はむき合って食事をしたが、デザートのときになってメグレはふと気づいた。見れば妻も彼に劣らず思案顔をしている。

彼女も同じことを思っているのかどうかまでは、考えてみなかった。やがてメグレはいつもの肘掛け椅子にすわり、パイプに火をつけて新聞を読み始めた。そのあいだにメグレ夫人はテーブルのうえを片づけ、食器洗いをした。彼女がストッキングや靴下を入れた籠を膝に置き、目の前に腰かけたときになって、メグレはようやく二、三度妻をちらりと盗

み見し、さりげない口調でこう話しかけたのだった。

「若い娘があわててイブニングドレスを着なければならないのは、どんなときだろうな」

妻はずっとそのことを、考えていたにちがいない。メグレがどうしてそう思ったのかはわからない。けれども彼女が満足げなため息を漏らしたところから見て、メグレが切り出すのを待っていたのは間違いなさそうだ。

「答えは案外単純かもしれないわね」

「というと？」

「男の人だったら、例えばスモーキングや礼服を用もないのに着てみようなんて思わないでしょうね。でも若い娘だったら、ちょっと違うかも。わたしは十三歳のころ、母が捨てた古いイブニングドレスをこっそり拾い、何時間もかけてなおしたの」

メグレはびっくりして妻を見つめた。妻の知らない一面を、ふと垣間見たような気がした。

「ときどき、夜中にそっと起きだしては、ドレス姿をうっとりと鏡に映してみた。みんなは、わたしが眠っているものと思っていたけれど。一度なんか両親が出かけているあいだに、ドレスを着て母の靴を履き、通りの端まで行ったこともあるわ。靴はぶかぶかだったけど」

メグレは丸々一分以上、ただ黙っていた。妻がこんな告白に、顔を赤らめているのにも気づかなかった。

「でもきみは、十三歳だったんだろ」

「親戚にセシル伯母さんっていうひとがいて、あなたは会ったことがないけれど、よく話したわよね。もともとても金持ちだったのに、旦那さんが突然破産してしまい、それからは何時間も部屋にこもって、オペラ座のパーティーに行くみたいに髪を整えたり、ドレスを着たりするようになった。ドアをノックすると、頭痛がするって答えるの。それである日、わたしは鍵穴からのぞいてみた。すると伯母さんは戸棚の鏡に映った自分の姿を眺め、にっこり笑って扇をぱたぱたさせてたわ」

「昔の話だろ」

「そんな女はもういないって思うの？」

「夜の九時にイレーヌの店へ行くからには、もっと確固たる理由があるはずだ。手もとに二、三百フランしかないのにイブニングドレスを借り、急いでそれを着て雨のなかを出て行ったんだぞ」

「わたしが言いたかったのは、それが必ずしも男の人が思うような理由ではないってこと」

妻の言わんとすることはわかっていたが、まだ納得はいかなかった。

「もうお休みになる？」

メグレはうなずいた。二人は早めに床に就いた。翌朝は風があって、空は雨模様だった。メグレ夫人は夫に傘を持っていかせた。オルフェーヴル河岸の司法警察局では、危うく電話を取り損ねるところだった。報告のためオフィスを出ようとしたとき、電話が鳴ったからだ。メグレはドアの前まで行っていたが、あわてて引き返した。

「もしもし、メグレ警視だが」

「警視と直接話したいという電話がかかっています。名前は名のりません」

「つないでくれ」

電話がつながったとたん、受話器が震えるかと思うくらいの耳ざわりなきんきん声が聞こえた。電話で話し慣れていないのだろう。

「メグレ警視さんですか？」

「わたしがメグレだが、そちらはどなたですか？」

沈黙が続いた。

「もしもし、どうしました？」

「殺された女の人のことで、お話ししたいことがあって」

「ヴァンティミユ広場の？」

また沈黙が続いた。電話の主は子供かもしれない、とメグレは思った。

「話してください。彼女の知り合いですか？」

「ええ、どこに住んでいたか知ってます」

話のあいだに沈黙があるのは、ためらっているからではなく、電話に物おじしているせいに違いない。受話器に口を近づけすぎ、普通に話すかわりについ大声になってしまうのだろう。近くでラジオから音楽が流れ、赤ん坊の泣き声も聞こえる。

「どこです？」

「クリシー通り、一一三番の二です」

「あなたの名前は？」

「もっと知りたければ、三階の老婦人に訊けばわかります。クレミュー夫人と呼ばれている人です」

うしろでもうひとり、別の声がした。

「ローズ……ローズ……何を……」

そしてすぐに電話が切れた。

メグレは局長室に、ほんの数分しかいなかった。ちょうどジャンヴィエがやって来たので、彼を連れていくことにした。

ジャンヴィエは昨日、パリ中を駆けずりまわったけれど、収穫はなかった。ロニョンはナイトクラブとタクシー運転手に聞きこみをしたはずだが、なにも連絡してこない。

「田舎から出てきたばかりの、若い子守り女だろう」とメグレはジャンヴィエに言った。

「訛りがあったが、どこのあたりのものだろうな」

クリシー通り一一三番の二はまわりがみんなそうであるように、ブルジョワ風の建物だった。二人はまず、管理人室に寄った。管理人は四十がらみの女で、彼らが入ってくるのを疑り深そうな目で眺めた。

「司法警察局の者だが」とメグレはバッジを見せて言った。

「何のご用ですか？」

「ここの住人に、クレミュー夫人という人はいるかね？」

「三階の左です」

「今は部屋に？」

「買い物に出ていなければ。この前を通るのは見てませんが」

「ひとり暮らし？」

管理人はなんだかあわて始めたようだった。

「ひとりのときもあれば、そうじゃないときもあります」

「どういう意味だ？」

「ときどき、同居人がいることがあって」

「家族や親類の誰かってことか？」

「いいえ、その……なにもあたしが隠す必要なんかないわね。本人がなんとかすればいいんだから。ええ、あの人、下宿人を置くことがあるんです」

「短期間だけ？」

「そりゃ本当は、長くいて欲しいんでしょうけど、ああいう性格ですから、しばらくすると出て行かれちゃうんです。最後の娘《こ》で、たしか五、六人目でした」

「どうしてすぐに言わなかったんだ？」

「最初の下宿人はデパートの店員でしたが、みんなには姪だと言っておくよう頼まれたものですから」

「それでチップを渡されたと？」

　管理人は肩をすくめた。

「そもそも家主はまた貸しを認めていませんし、家具つきの部屋を貸す場合は警察署に届けて、書類を書かねばなりませんから。それにクレミュー夫人は、下宿代の税金申告もしてないんじゃないかしら」

「だからわれわれにも、隠しておこうとしたのか？」

管理人はメグレがなにをほのめかしているのか、わかったらしい。それに昨日の新聞が椅子のうえに置きっぱなしで、被害者の写真もでかでかと載っている。

「彼女を知ってるな？」

「最後の娘《こ》です」

「というと？」

「最後の下宿人ですよ。クレミュー夫人に言わせりゃ、最後の姪っ子ってことです」

「最後に見かけたのはいつ？」

「覚えていません。注意してたわけじゃないので」

「名前は知ってるか？」

「クレミュー夫人はルイーズって呼んでました。彼女がここに住んでいるあいだ、郵便物は一通も来なかったので、名字のほうはわかりません。さっきも言ったとおり、わたしは下宿人がいるのを知らないことになってるんです。家族や親類なら、泊めてもいいことになってますが。だからあたしも、職を失うかもしれないわ。このことは、新聞に載るんでしょうか？」

「たぶんな。どんな女だった?」

「彼女ですか? 普通の娘《こ》ですよ。管理人室の前を通るとき、気がむけば会釈くらいするけれど、わたしに声をかけることは一度もありませんでした」

「長いこと、ここにいたのかね?」

ジャンヴィエは手帳にせっせとメモを取っている。そのせいで管理人はおじけづき、なにをたずねても答える前に考えこんだ。

「たしか、新年が始まる少し前に来たのだったと思います」

「荷物は?」

「青い小さなスーツケースひとつだけでした」

「クレミュー夫人とは、どうやって知り合ったのだろう?」

「最後はろくなことにならないって、用心するべきだったわ。こんなふうにうまく丸めこまれるなんて、今までなかったのに。でもなにがあろうと、これで最後にしなくては。クレミュー夫人は旦那さんがご健在だったころから、ここに住んでいたんです。旦那さんは銀行の副部長だったとか。つまりお二人は、あたしが働き始める前からここにいたんです」

「ご主人はいつ、亡くなったんだ?」

「五、六年前になります。お子さんはいませんでした。それから奥さんは、あれこれ愚痴をこぼすようになりました。広いアパルトマンにひとりで暮らすのは怖いと。お金のことも言ってました。年金の額は変わらないのに、物価はあがりっぱなしだって」

「クレミュー夫人は金持ちなのでは？」

「暮らすに困ってはいないはずです。いつだかも、二十区に家を二軒持っていると話していましたから。最初に下宿人を置いたときは、田舎から出てきた親類だと言ってましたが、わたしはすぐに嘘だって見抜き、注意をしに行きました。そうしたら、下宿代の四分の一をあげるから目をつぶって欲しいって持ちかけてきたんです。あたしも馬鹿でしたよ、ついその気になってしまい。たしかに彼女のアパルトマンは、ひとり暮らしには広すぎますが」

「クレミュー夫人は新聞に下宿人の募集広告を載せていた？」

「ええ、住所は書かずに、電話番号だけですが」

「下宿人はどんな女たちだった？」

「そうですね。どう言ったらいいのか、ほとんどは堅気《かたぎ》の女の子って感じでした。きちんと働いていて、家具つきホテルより広い部屋を同じ値段か、もっと安く借りられるならいいと思っているような。一度だけ、こんなこともありました。見た目はほかの娘《こ》と変わらず真面目そうなのに、夜中に起き出してそっと男たちを引っぱりこんだんです。そんなこと、二日と続きませんでしたが」

「最後の下宿人について話して欲しいんだが」

「どんなことをお知りになりたいんですか？」

「なにもかもだ」

管理人は新聞の写真に思わず目をやった。

「さっきもお話ししたとおり、わたしはあの娘《こ》が前を通るのを見かけただけです。毎朝九時か、九時半ごろ出かけていました」

「どこで働いていたんだろうな？」

「わかりません」

「昼食には戻ってきたかね？」

「クレミュー夫人は下宿人に料理をさせませんでした」

「じゃあ、帰ってくるのは？」

「夜になってからです。七時のこともあれば、十時、十一時になることもありました」

「外出はよくしてたかな。男友だちや女友だちが迎えに来たりとか？」

「一度もありません」

「イブニングドレス姿を見たことは？」

　管理人は首を横にふった。

「本当に、どこにでもいるような娘《こ》でしたよ。だからわたしも、たいして注意して見ませんでした。どうせ長くはいないと思ってましたし」

「どうして？」

「だってほら、部屋を貸すのはいいけれど、生活の邪魔はされたくないって、クレミュー夫人は思っていたんです。彼女はたいてい、十時半ごろ休みます。だから下宿人がもっと遅くに帰ってくると、叱りつけるんです。要するに、彼女が求めているのは下宿人でなく、いっしょに暮らしてトランプの相手をしてくれる同居人なんでしょう」

　管理人の女には、どうしてメグレがにっこりしたのかわからなかった。警視はそのとき、ドゥエ通りの洋品店主エリザベート・クマールのことを思い浮かべたのだ。彼女も娘を家に置いている。親切心もあるだろうが、おそらくひとりきりでいたくないからだろう。家出娘たちは、彼女にすべて頼りきりだ。だからやがては奴隷状態が、多かれ少なかれ続くようになる。

　クレミュー夫人が下宿人を置いていたのも、結局は同じことだ。そんな老女、老嬢が、パリにどれほどいることか。彼女たちは誰か、いっしょに暮らしてくれる相手を、なんとか手に入れようとする。できれば屈託のない、若い娘を。

「もしもらったお金を返して、職を失わずにすむならば……」

「つまり彼女が何者なのか、どこから来て何をしていたのか、友だちはいたのか、皆目わからないと……」

「ええ」

「彼女のことは、快く思ってなかった？」

「わたしと同じ貧乏人なのに、お高くとまっている人は、好きになれませんよ」

「つまり、彼女は貧しかったと？」

「いつも同じワンピースと、同じコートを着てましたから」

「この建物に、子守り女はいるかね？」

「どうしてそんなことを？　たしかに三人いますけど。二階のお宅にひとり、三階右側のお宅にひとり。それから……」

「若くて、田舎から出てきたばかりの娘は？」

「ああ、ローズでしょう」

「どこの家の子守り女だ？」

「三階のラルシェさんです。あそこはすでにお子さんが二人いたんですが、二カ月前に奥さんがまたひとり産んで。外に出られないものだから、ノルマンディから子守りの女の子を来させたんです」

「ラルシェさんのところに、電話はあるかな？」

「ええ、旦那さんは保険会社で、いい地位についていらっしゃいます。近ごろ、車もお買いになって」

「ありがとう」

「家主さんに知らせないでいただけたら……」

「あと、もうひとつ。昨日、被害者の写真が新聞に載ったとき、すぐに彼女だとわかったかね？」

管理人は少したためらい、嘘をついた。

「確信はありませんでした。最初に載った写真は、ほら……」

「でも、クレミュー夫人がやって来たのでは？」

管理人は顔を赤らめた。

「夫人は買い物帰りに寄って、警察はたっぷり給料をもらっているのだから、仕事を手伝ってやることはないんだと言いました。なるほどって思ったわ。でもこちらの、二枚目の写真を目にしてから、電話しようかずっと迷ってました。よくよく考えると、あなたがいらしてくれてよかったです。肩の重荷が下りましたから」

メグレとジャンヴィエはエレベーターで三階へ行った。右のドアのむこうから、子供の声が聞こえた。そのあと響いた大声に、メグレは聞き覚えがあった。

「ジャン＝ポール！　ジャン＝ポールったら。妹にちょっかい出さないで！」

メグレは左側のドアをノックした。なかで足音を忍ばせて歩く気配がし、ドア越しに声がたずねた。

「何ですか？」

「クレミューさんですね？」

「どんなご用？」

「警察です」

長い沈黙のあと、ようやくつぶやき声がした。

「ちょっと待ってください」

女は奥に引っこんだらしい。服を整えに行ったのだろう。ドアの前に戻ってきたとき、足音も違っていた。スリッパを靴に履き替えたのだ。彼女はしぶしぶドアをあけると、小さな鋭い目で二人をねめつけた。

「お入りください。掃除の途中でしたが」

そう言うわりには、よそ行き風の黒いドレスを着て、髪も丹念に整えてある。歳は六十五から七十くらい。小柄で痩せているが、まだ驚くほど元気そうだ。

「身分証はお持ちですよね？」

メグレがバッジを見せると、女は注意深く眺めた。

「あなたがメグレ警視さん？」

彼女は二人を居間に案内した。広めだが家具やら置物やらがいっぱいで、ほとんど足の踏み場がなかった。

「おすわりください。それで、ご用件は？」

女はもったいぶった身ぶりで腰かけた。けれど嫌でも指が、ぴくぴくと神経質そうに震えている。

「お宅の下宿人のことで」

「下宿人は置いていません。誰かをここに泊めてあげることはありますが……」

「わかっているんですよ、クレミュー夫人」

彼女は取り乱したりしなかった。ただ警視にむかい、射貫くような視線を投げかけただけで。

「わかっているって、何を？」

「すべてです。われわれは財務省の人間ではありません。あなたが収入をどのように申告しているかには、興味はありません」

部屋に新聞が見あたらなかったので、メグレは被害者の写真を一枚、ポケットから取り出した。

「彼女を知ってますね？」

「何日か、いっしょに暮らしていました」

「何日か？」

「数週間でしたか」

「それを言うなら、二カ月半では？」

「かもしれません。この歳になると、時間なんか気にならなくて。毎日がどんなに早くすぎるか、想像もつかないでしょうね」

「彼女の名前は？」

「ルイーズ・ラボワーヌ」

「身分証にそう書かれていたんですか？」

「身分証は見ていません。自己紹介したとき、そう名のったんです」

「それが本名かどうかは、ご存じないと？」

「疑う理由なんて、なにもありませんから」

「あなたが出した広告を見て来たんですか？」

「管理人がそう言いましたか？」

「どうでもいいでしょう、クレミューさん。時間を無駄にしないで。質問するのはわたしのほうですから」

女は偉そうに答えた。

「それじゃあ、ご質問をどうぞ」

「ルイーズ・ラボワーヌは広告を見て来たんですね？」

「電話で部屋代を問い合わせてきたので、答えました。もう少し安くならないかと訊かれたので、会いに来るように言いました」

「で、値引きに同意したんですか？」

「ええ」

「どうして？」

「いつもそれで、一杯食わされるんです」

「というと？」

「最初にやって来たときは、みんなとても真面目で慎ましやかで、思いやりがありそうな態度なんです。夜はよく外出するかとたずねたら、それはないと答えました」

「彼女がどこで働いていたのか、ご存じですか？」

「どこかの会社でしょうが、詳しくはわかりません。数日してようやく、どんな娘かわかりました」

「どんなっていうのは？」

「むっつりして、不愛想で、いったん口を利くまいと決めたら……」

「だから彼女のことは、なにも知らないと？　あなたに話そうとしなかったから？」

「ええ、最低限のことしか。彼女はここを、ホテルみたいに思っていたんでしょう。朝、服を着替えて出かける。顔を合わせたら、小声で挨拶をするだけで」

「出かけるのはいつも、同じ時間でしたか？」

「そこなんですよ、わたしが驚いたのは。最初の二、三日は八時半に出かけたので、仕事は九時からなのだろうと思っていました。そのあと続けて何回か、九時十五分になってようやく出かけるようになりました。だからわたしは、職場が変わったのかとたずねました」

「何と答えましたか？」

「返事はありませんでした。それが彼女のやり方なんです。返事に困ると、聞こえなかったふりをする。夜もわたしを避けてました」

「でも自分の部屋に行くのに、居間を通らねばなりませんよね」

「ええ、わたしはたいてい、ここにいます。腰かけていっしょにコーヒーかハーブティーでも飲まないかと誘いました。一度だけ、誘いに応じてお茶につき合ったことがありましたが、一時間のあいだに彼女が口をひらいたのは、ほんの五回だけでしたね」

「あなたはどんなことを話したんですか？」

「いろいろ話しましたよ。聞き出そうと思って」

「何を聞き出すんです？」

「彼女はどういう人間なのか、どんな出身で、これまでどこで暮らしていたのか」

「けれどなにも聞き出せなかったと？」

「たったひとつわかったのは、彼女が南仏の出身だということくらいです。わたしは夫といっしょに、毎年二週間、ニースですごしていました。わたしがその話をすると、彼女もニースに行ったことがあるとわかりました。父親や母親についてたずねると、彼女はぼんやりとした表情になりました。彼女がそんな表情になるのを見たら、あなただってきっとむっとしたでしょうね」

「彼女はどこで食事をとっていましたか？」

「おもに外食です。火事になったらいけないので、部屋で調理するのは認めませんでした。アルコールランプなんか持ちこまれたら、どんなことになるかわかりません。ここにあるのは先祖伝来の、値打ちものの古い家具ばかりですし。彼女はうまくごまかしたつもりでしょうが、パン屑が落ちていたことがありました。それに部屋であぶら紙を燃やしたことも。きっとハムが包んであったのでしょう」

「夜はひとりで部屋にいたんですか？」

「ええ、たいていは。外出するのは、週に二、三回だけでした」

「外出のときは、着替えて？」

「どう着替えるって言うんです？　服なんてワンピース一枚、コート一着しか持っていないのに。先月、わたしが思ってたとおりのことが起きました」

「思ってたとおりというのは？」

「遠からず、下宿代を払えなくなるだろうって」

「払わなかったんですか？」

「彼女は百フランを前払いし、残りは週末までになんとかすると約束しました。ところが週末になると、わたしを避けようとします。だから、彼女の前に立ちふさがりました。あと一日、二日でお金が入るからと、彼女は言いました。わたしは別に吝嗇家《りんしょくか》ではないし、お金のことばかり考えているわけでもありません。もちろん人並みにお金は必要ですが、彼女が誠実な態度を見せてくれれば、もっと鷹揚に構えられたでしょう」

「つまり、退去を言い渡したと?」

「三日前、彼女が姿を消す前日でした。わたしはただ、こう言っただけです。田舎から親類の娘が来るので、部屋が必要になったと」

「彼女の反応は?」

「《そうですか》と答えました」

「部屋を見せてもらえますか?」

老婦人は、あいかわらずもったいぶった態度で立ちあがった。

「こちらへどうぞ。こんなにいい部屋、ほかではけっして見つかりませんよ」

たしかに大きな窓から陽が射しこむ、広々とした部屋だった。居間と同じく、十九世紀風の家具が並んでいる。ベッドはどっしりとしたマホガニー製で、窓のあいだに第一帝政様式の机がでんと置いてあった。クレミュー氏が使っていた机で、ほかに置く場所がなかったのだろう。窓はぶ厚いビロードのカーテンで縁どられ、壁には黒や金色の額に入った古い家族写真が掛かっている。

「たったひとつ面倒なのは、浴室が共同ってことくらいで。けれどいつも彼女を先に入れてたし、浴室に入るときは必ずノックをしたわ」

「彼女が出て行ってから、なにも手をつけていませんね？」

「もちろんです」

「彼女が帰ってこないとわかって、持ち物を調べてみたのでは？」

「調べるようなものなんて、たいしてありませんでした。下着やなにかは持っていったのか、確かめてみただけで」

「でも、持って行ってなかったと？」

「ええ、ご自分の目でごらんになるといいわ」

整理ダンスのうえに櫛やヘアブラシ、安物のマニキュアセット、ありふれた瓶入りの白粉が置いてある。アスピリンや睡眠薬のガラス瓶もあった。

メグレは引き出しをあけてみたが、下着が数枚と、化繊のスリップに包んだ電気アイロンがあるだけだった。

「ほら、やっぱりでしょ」とクレミュー夫人は声をあげた。

「何がです？」

「下着の洗濯やアイロンがけも禁止だって、言ってありました。夜、一時間も浴室にこもって、こんなことをしていたのよ。鍵をかけていたのも、それだからです」

別の引き出しには箱入りの便箋と鉛筆が二、三本、万年筆が一本あった。

戸棚にはコットン製の部屋着が一枚さがっていて、隅に青いビニール製のスーツケースが置かれていた。スーツケースには鍵がかかっていた。鍵がどこにも見あたらないので、メグレはナイフでこじあけた。クレミュー夫人も近寄ってのぞきこんだが、なかは空っぽだった。

「彼女を訪ねてきた者はいませんでしたか?」

「ええ、誰も」

「あなたの留守中に、誰かここに忍びこんだ気配もありませんか?」

「だとしたら、気づくはずです。ものの位置は、しっかり覚えていますから」

「彼女に電話がかかってきたことは?」

「一度だけありました」

「いつですか?」

「二週間ほど前だったかしら。いえ、もっと前だわ。たぶん、一カ月前くらい。ある晩、八時ごろ、彼女が部屋にいるときに電話があって、取り次いで欲しいって言ったんです」

「男でしたか?」

「女です」

「何と言ったのか、正確に思い出せますか？」

「《ラボワーヌさんはいらっしゃいますか》とたずねました。いると思う、とわたしは答え、部屋をノックしに行きました。《ルイーズさん、電話よ》と声をかけると、《わたしに？》と彼女は驚いたように答えました。《ええ、あなたによ》《今、行きます》そんなやりとりがあったけれど、そのとき彼女は、なんだか泣いているようでした」

「電話がかかってくる前、それともあとに？」

「前です。部屋から出てきたときに」

「服はちゃんと着てましたか？」

「いいえ、部屋着姿で裸足でした」

「彼女が電話でどんな話をしたか、聞こえましたか？」

「ほとんどなにも話しませんでした……ただ、《ええ……ええ……そうよ……たぶん》とか、相槌を打っているだけで。でも最後に、《じゃあ、あとで》と言ってました」

「それから出かけたんですね？」

「十分後に」

「その晩は、何時ごろに戻ってきましたか？」

「ひと晩じゅう、帰ってきませんでした。ようやく戻ったのは、朝の六時でした。追い出すつもりで、待っていたんです。病気の親類の家に泊まった、と彼女は言いました。たしかに、遊んできたような顔はしていませんでした。彼女はすぐに床に就き、そのまま二日間、部屋に閉じこもりっきりでした。だからしかたなく食事を運び、アスピリンも買ってきてあげました。風邪をひいたみたいだ、と彼女はこぼしてました」

メグレは聞き流しているように見えた。だからクレミュー夫人は気づかなかったろうが、警視の脳裏には言葉のひとつひとつがくっきりと像を結んでいた。薄暗い、雑然としたアパルトマンのなかで、二人の女が送っていた暮らしが、徐々にわかってきた。少なくとも片方の女は、想像に難くない。今、目の前にいるのだから。難しいのは若い女のほうだ。彼女はどんな声をして、どうふるまい、何を考えていたのだろう？

ようやく、名前はわかった。それが本名ならばだが。この二カ月、どこで寝起きしていたのか、夜はおもにどこですごしていたのかもわかった。

彼女が二度にわたり、ドゥエ通りへ行ってイブニングドレスを借りたこともわかっている。一度目は代金を支払ったが、二度目はポケットに二、三百フランしかなかった。タクシーに乗るか軽い食事をするにも足りるかどうかだ。

イレーヌの店を一度目に訪れたのは、電話があって出かけたときだろうか？　いや、そうではなさそうだ。彼女が初めて店にやって来たのは、そんな遅い時間ではなかった。

それに彼女は翌朝六時、いつものワンピースとコートを着てクリシー通りに戻り、そのまま寝こんでしまった。青いサテンのドレスをイレーヌの店に返しには行けなかったはずだ。

クレミュー夫人の証言から、二カ月前の一月一日ごろ、ルイーズはまだ少しお金を持っていたことがわかる。部屋を借りに来たのだから。けれども、余裕があったわけではない。彼女は家賃の値引き交渉をした。朝はほぼ決まった時間に出かけている。初めは八時半ごろ、そのあとは九時すぎに。

彼女は昼間、何をしていたのだろう？　それに夜、部屋にいないときは？　本は読まない。部屋には一冊の本も、雑誌もなかった。裁縫はするけれど、それは服や下着を繕うためだ。引き出しにあったのは、糸巻三つに指ぬきひとつ、ハサミ、ストッキングにあてるベージュ色の絹地、ケースに入った針が数本だけだった。

ポール医師によれば、彼女は二十歳くらいだ。

「部屋のまた貸しはもうしません」

「部屋の掃除や片づけは、彼女が自分でしてたんですよね？」

「だってわたしは、召使いじゃありませんから。なかには掃除してくれって言う下宿人もいましたが、彼女は要求しませんでした」

「日曜日はどうしてました？」

「午前中は遅くまで寝てました。最初の週からすぐに、彼女がミサに行かないことに気づきました。カトリックじゃないのかとたずねると、いや、そうだと答えました。もちろん、口だけでしょうけど。ときには午後一時すぎに出かけることもありました。映画にでも行ったのだと思います。そういえば、部屋に映画館の半券が落ちてましたから」

「どこの映画館か覚えていますか？」

「そこまで気にしませんでした。ピンク色の券です」

「一枚だけ？」

突然メグレは、嘘をつくなとでもいうように、じっと老女をにらみつけた。

「ハンドバッグのなかに、何が入ってました？」

「どうしてわたしが……」

「答えてください。彼女が放り出したハンドバッグのなかを、のぞいたことがあるはずだ」

「バッグを放り出すなんてことは、めったにありませんでした」

「一回なら、それでもいい。身分証を見ましたか？」

「いいえ」

「持っていなかったと？」

「ハンドバッグのなかにはありませんでした。ともかく、わたしが見たときには。ようやくチャンスがあったのは、ほんの一週間前なんです。どうも嫌な予感がし始めたので」

「嫌な予感って、どんな？」

「きちんと働いているなら、下宿代を払えるはずです。それにあの歳で服を一枚きりしか持っていない娘《こ》なんて、初めて見ました。なにをたずねても、さっぱり答えは返ってこないし。どんな仕事をしているのか、出身はどこなのか、家族はどこで暮らしているのか」

「で、あなたが思うには？」

「たぶん……両親のもとから逃げ出してきたんでしょう。さもなければ……」

「さもなければ？」

「いえ、なんでもありません。どうにも得体がしれないんですよ、あの娘《こ》は。わかりやすい人たちっていうのもなかにはいるけれど、彼女は違いました。訛りはないし、田舎者っていう感じはしません。学校も出ているようでした。訊かれたことに答えず、わたしをいつも避けていましたが、育ちは悪くなさそうです。ええ、彼女はきちんとした教育を受けていると思います」

「ハンドバッグのなかには、何がありましたか？」

「口紅とコンパクト、ハンカチ、それに鍵が」

「どんな鍵です？」

「わたしが渡したここの鍵と、スーツケースの鍵です。使い古した札入れもあって、お金と写真が一枚入っていました」

「男の写真？　それとも女の？」

「男の写真です。でも、あなたが思っているようなものじゃありません。あれは少なくとも、十五年も前の写真でしょうね。黄ばんで、擦り切れて。写っているのは、四十歳くらいの男でした」

「どんな男ですか？」

「ハンサムで、エレガントな感じで。印象に残ったのは、明るい色合いのスーツを着ていたことです。たぶん、タオル地でしょう。よくニースで見かけたみたいな。ニースを連想したのは、うしろに椰子の木が写っていたからです」

「似ているとは思いませんでしたか？」

「彼女とですか？　いいえ、そうは思いませんでした。父親だとしたら、あまり似ていない父娘《おやこ》ってことですね」

「いま会ったら、わかりますか？」

「あまり変わっていなければ」

「その写真について、彼女に話しましたか？」

「写真を見たなんて、言えるわけないでしょう。ハンドバッグをあけたなんて？　ただニースや、南仏の話をふってみただけで……」

「これらをみんな、持っていってくれ、ジャンヴィエ」

メグレは引き出し、戸棚のなかの部屋着、青いスーツケースを指さした。ものはすべて、スーツケースに詰めこむことができたけれど、鍵をこじあけたので、紐を借りて縛らねばならなかった。

「面倒ごとになるでしょうか？」

「警察沙汰にはなりません」

「税務署のほうは？」

メグレは肩をすくめてつぶやいた。

「それはわれわれにはわかりません」

4　ベンチに腰かけた若い女と、ナイトクラブの新婦

老女はドアを少しだけあけたままにし、その隙間からメグレとジャンヴィエのうしろ姿をうかがった。彼らはエレベーターや階段の側ではなく、むかいの部屋の玄関に近づいていく。しばらくして二人が廊下に戻ると、クレミュー夫人の部屋のドアがさっと閉まるのが見えた。メグレは下に降りながら、ジャンヴィエにひと言こう言った。

「あの女、妬《ねた》んでるな」

昔、メグレが重罪裁判所送りにした男の裁判で、いっしょにいた傍聴人がこうつぶやいたことがあった。

《あいつ、今、何を考えているのかな？》

するとメグレは、ぽつりと答えた。

《翌日の新聞にどう書かれるか、考えてるのさ》

殺人犯は少なくとも判決が出るまでは、なかなか罪にむき合おうとしない、というのが

メグレの持論だった。ましてや、被害者のことなど頭にない。それより、自分が人々に及ぼした影響力に心を奪われている。彼らは一夜にしてスターになった。新聞記者やカメラマンが殺到し、彼らを間近に見ようと、人々が何時間も列をなすことすらある。だから彼らが有名人を気取ったとしても、無理はなかった。

警官が家に入りこんできて、クレミュー夫人はいい気がしなかっただろう。おまけにメグレの質問には、ごまかしがきかない。彼女は話したくないことまで、しゃべらされてしまったはずだ。

それでも二人の男が一時間近くも彼女の話に耳を傾け、片言隻句《へんげんせっく》まで手帳に書き取ったのだから大したものだ。

ところがそのメグレが、すぐさまにむかいの呼び鈴を押し、今度は山出しの子守り娘にも同じ栄誉を授けたなんて。

「一杯、やっていくか?」

十一時をすぎていた。彼らは近くのバーに入り、黙ってアペリティフを飲んだ。二人とも、今聞いたばかりの話を反芻しているみたいに。

感光板を現像液に浸すかのように、ルイーズ・ラボワーヌの姿が少しずつ浮かびあがってきた。二日前はまだ、彼らにとって存在しないも同じ女だった。やがて、青いシルエットがあらわれた。ヴァンティミユ広場の濡れた舗石に横たわる顔、法医学研究所の大理石に寝かされた白い裸体が。そして今、彼女は名前を持った。ひとつの像が形をなし始める。まだおおまかな像ではあるけれど。

ローズの女主人も、メグレにこう言われてむっとしたようだ。

「おたくの使用人に二、三たずねたいことがあるので、そのあいだお子さんを見ていただけますか？」

ローズはまだ十六にもなっていない、顔に産毛を生やしたような少女だった。

「今朝、電話をしてきたのはきみだね？」

「はい、そうです」

「ルイーズ・ラボワーヌと知り合いだったのか？」

「名前は知りませんでした」

「階段で顔を合わせたとか？」

「はい」

「きみに話しかけてきたのかい？」

「話をしたことはありません。でもわたしの顔を見ると、笑いかけてくれました。あのひとは寂しいんだなって、そのたびに思いました。映画女優の誰かに、ちょっと似ていて」

「階段以外の場所で、会ったことはあるかね？」

「ええ、何度か」

「どこで？」

「トリニテ公園のベンチに腰かけていました。わたしは午後になるとほとんど毎日、子供を連れて行くんです」

「彼女はそこで何を？」

「ただ腰かけていただけです」

「誰かを待っていたのかな？」

「いつもひとりきりでした」

「本を読んでたとか？」

「いいえ。一度、サンドイッチを食べてました。あのひと、自分がもうすぐ死ぬってわかってたんでしょうか？」

ローズから聞き出せたのは、それだけだった。どうやらしばらく前から、ルイーズは決まった仕事をしていなかったらしい。どこか遠くまで行くのも億劫だったのだろう。だからクリシー通りをくだり、近所のトリニテ教会前にすわっていたのだ。

メグレはふと思いついて、こうたずねてみた。

「彼女が教会に入るのを、見たことがあるかね？」

「いいえ、警視さん」

メグレはバーの代金を払って口もとを拭い、ジャンヴィエをあとにしたがえて小型車に乗った。オルフェーヴル河岸の司法警察局に着くと、待合室に灰色の人影が見えた。ロニョンだ、とメグレはすぐに気づいた。いつにも増して、鼻を赤くさせている。

「待ってたのか、ロニョン？」

「一時間前から」

「寝ていないんじゃないか？」

「それはかまいません」

「ともかく、部屋に行こう」

ロニョンが警視を待っているようすは、とても警察官に見えなかっただろう。むしろ自首をしに来た犯人のようだ。それほど彼は暗く、陰鬱だった。しかも今回は、本当に風邪をひいているらしい。声はしゃがれて、しょっちゅうポケットからハンカチを取り出している。それでも彼は泣き言を言うまいと、あきらめきった顔をしていた。これまでずっと苦しみ続けてきた男、残りの人生も苦しみ続ける男の顔を。

メグレは腰をおろすと、パイプに葉を詰めた。ロニョンは椅子の隅にちょこんとすわったまま、自分から口をひらこうとはしなかった。

「なにか収穫があったようだが」

「報告に来ました」

「話してくれ」

いくらこちらが胸襟《きょうきん》をひらいても、《不愛想な刑事》には効果なしだった。どうせ皮肉かなにかとしか受け取らない。

「おとといの晩に続いて昨晩も、いっそう念入りに聞きこみをしてまわりました。夜中の三時、正確には三時四分まで成果なしでした」

ロニョンはそう言いながら、ポケットから紙の切れ端を取り出した。

「三時四分、《ル・グルロ》というナイトクラブの前で、わたしはひとりのタクシー運転手を呼びとめました。名前はレオン・ジルク、五十三歳。ルヴァロワ＝ペレに住んでます」

そんな細かな点は、話す必要もないだろう。けれどもロニョン警部は、すべて並べあげずにはおれなかった。おれはただの下っ端刑事だから、大事なことととそうでないことの区別などつけられないと言わんばかりに。

彼は警視のほうを見もせず、ぼそぼそと話し続けた。メグレは思わずにやりとした。

「被害者の写真を見せました。数枚の写真をすべて。イブニングドレス姿に見覚えがある、と運転手は答えました」

そこでロニョンは、芝居じみたようすで間を置いた。メグレが被害者の名前や住んでいた場所を突きとめたことを、彼はまだ知らないのだ。

「レオン・ジルクは月曜から火曜にかけ、客待ちをしていました。ちょうど零時少し前には、コーマルタン通りに新しくできたナイトクラブ《ロメオ》の前に車をとめていました」

彼は前もって準備万端ととのえていたらしく、ポケットからまた別の紙切れを取り出した。今度は新聞の切り抜きだった。

「事件があった夜はいつもと違い、《ロメオ》には一般の客が入れませんでした。結婚披露宴で、店が貸し切りになっていたからです」

法廷で裁判長に資料をさし出す弁護士のように、ロニョンは切り抜きをメグレの前に置いてまた腰かけた。

「ごらんのとおり、それはマルコ・サントニの結婚披露宴でした。有名なイタリア産ベルモット酒メーカーのフランス支社長です。新婦のジャニーヌ・アルムニューはパリの女で無職。招待客は大勢いました。マルコ・サントニは派手な遊び人で知られているようですから」

「ジルクがそう言ったのか？」

「いいえ、《ロメオ》にも行ってみたんです。ジルクはほかの運転手仲間何人かと、客待ちをしていました。霧雨が降っていました。零時十五分ごろ、黒っぽいビロードのケープに青いイブニングドレス姿の若い女が《ロメオ》から出てきて、歩道を歩き始めました。ジルクはいつもどおり、《タクシーのご用は？》と声をかけました。けれども女は首を横にふり、そのまま道を進んでいきました」

「彼女に間違いないと？」

「ええ、《ロメオ》の入口には、ネオンサインが明々と灯っていましたし、ジルクは夜勤に慣れてますから、古ぼけたドレスだったとすぐに気づいたそうです。それに《ロメオ》のドアマン、ガストン・ルージェも、写真を見てあの女だと言ってました」

「じゃあ運転手は、彼女がどこへむかったのかはわからないんだな？」

ロニョンは洟をかんだ。自慢げなところはまるでない。それどころか、大した収穫もなくて申しわけないとでもいうように、わざとらしいほど謙遜している。

「ちょうどそのとき、というか数分後に、カップルが出てきてエトワール広場にやってくれと言いました。ジルクがサン＝トーギュスタン広場を横ぎったとき、さっきの若い女が広場を歩いていくのが見えました。彼女はオスマン大通りのほうへ、急ぎ足でむかっていました。シャンゼリゼ通りに行くつもりだったのかもしれません」

「それだけ？」

「客を降ろしてしばらくすると、驚いたことにオスマン大通りとフォブール・サン＝トノレ通りの角に、またしても女の姿が見えました。彼女は歩き続けていました。妙だなと思って、ジルクは時計を見ました。どれくらい時間をかけて、そこまで歩いてきたのだろうって。もう一時近かったそうです」

しかしルイーズ・ラボワーヌが殺されたのは二時ごろ、ヴァンティミユ広場で死体が見つかったのが三時だ。

ロニョンはいい仕事をした。けれども、まだ続きがあるらしい。彼が椅子に腰かけたまま、ポケットから三枚目の紙切れを取り出すのを見て、メグレはそう思った。

「マルコ・サントニはベリ通りにアパルトマンを持っています」

「彼にも会ったのか？」

「いいえ。《ロメオ》で結婚披露宴を終えたあと、新郎新婦は飛行機でフィレンツェに旅出ちました。そこで数日すごす予定ですが、わたしは召使いのジョゼフ・リュションから話を聞きました」

ロニョンは車を使える身分ではない。タクシーにも乗らなかっただろう。経費を申告しても、どうせあとでとやかく言われるだろうからと。捜査に要した道のりを、ひと晩じゅう徒歩で行ったり来たりしたのだ。朝になったら、地下鉄かバスに乗っただろうが。

「シャンゼリゼ通りにある《フーケ》や、そのほかの店のバーテンダーにも聞きこみをしました。《マキシム》のバーテンダーには会えませんでしたが。郊外に住んでいて、まだ出勤していなかったもので」

どうやらロニョンのポケットは、無尽蔵らしい。彼が次々に取り出す紙切れは、捜査の展開をあとづけていた。

「サントニは四十二歳。なかなかの伊達男で、少し太り気味ですが身だしなみもよく、キャバレーやバー、高級レストランの常連客です。愛人は山ほどいて、おもにモデルやダンサーだとか。彼がジャニーヌ・アルムニューと出会ったのは、わたしが調べた限り四、五カ月前です」

「彼女もモデルだったのか？」

「いいえ、あちこちふらふらしていたようです。サントニは彼女とどこで知り合ったのか、誰にも話しませんでした」

「何歳だね？」

「二十二です。サントニと知り合ってほどなく、彼女はワシントン通りのホテル・ワシントンで暮らすようになりました。サントニは足しげくそこに通い、ジャニーヌは彼と夜をすごすこともありました」

「サントニは初婚なのか？」

「そうです」

「召使いは被害者の写真を見たのか？」

「わたしが見せましたが、会ったことないと断言しています。三人のバーテンダーにも見せましたが、答えは同じでした」

「召使いは月曜の夜から火曜にかけて、ベリ通りのアパルトマンにいたんだな？」

「新婚旅行の出発準備で、荷造りをしていました。誰も訪ねて来なかったそうです。サントニと新婦は朝の五時に上機嫌で帰ってくると、すぐに着替えてオルリー空港にむかいました」

またしても沈黙が続いた。そのたびにロニョンは、ネタ切れのふりをして見せた。わざと控えめそうに黙っているけれど、本当はもったいをつけているだけだとメグレは見抜いていた。

「被害者の女は、長いこと《ロメオ》にいたんだろうか？」

「さっき言いましたよね、ドアマンに話を聞いたって」

「入口で招待状を確認していたのか？」

「いいえ、招待状を見せた者もいたし、見せない者もいました。ドアマンは被害者が零時少し前にやって来たのを、しっかり覚えていました。ちょうどダンスが始まった直後でしたから。彼女はよくその店に来るような客とは違っていたので、新婦の友人だろうと思って通したそうです」

「ということは、なかにいたのは十五分ほどか」

「そうですね。バーテンダーにも訊いてみましたが」

「今朝、もう《ロメオ》に来てたのか？」

するとロニョンは、平然とこう答えた。

「いいえ、テルヌ門の家まで、会いに行ったんです。まだ寝てましたが」

彼が行き来した道のりをすべて合わせたら、何十キロにもなるだろう。夜どおし、そして明け方まで、せっせと歩きまわるロニョンの姿を、メグレは思い浮かべずにはおれなかった。重い荷物を抱えながら、なにがあっても前に進み続ける働きアリのような姿を。

どんな細かな点もゆるがせにせず、なにひとつ成り行きにまかせることもなく、これほどの艱難《かんなん》辛苦に敢然と立ちむかう刑事は、彼をおいてほかにいないだろう。それなのに哀れなロニョンはこの二十年間、いつか司法警察局の一員になれることをひたすら願いながら、いまだ叶わずにいるのだった。

原因の一端は、彼の性格にある。必要な基礎訓練を受けていないことや、あらゆる試験に落ち続けているのも一因だ。

「で、バーテンダーは何と?」

またしても紙切れがあらわれた。名前や住所、ほかにもメモ書きがされている。ロニョンはそれを見るまでもなく、すべてそらで覚えていた。

「彼女がドアの脇に立っているのに気づいたそうです。給仕長が近寄って、小声でなにか話しかけると、彼女は首を横にふりました。たぶん、どの席を指定されたのかたずねていたんでしょう。彼女はうまく人ごみに紛れこみました。たくさんの招待客が立っていましたし、フロアだけでなくテーブルのまわりでもダンスが始まっていましたた」

「彼女は新婦に話しかけたのか?」

「しばらく時間がかかったようです。新婦も踊っていましたから。若い女はようやく新婦に近づき、二人は長々と話していました。サントニがしびれを切らして、二度も割って入りました」

「新婦は彼女になにか渡したのか?」

「わたしもその点をバーテンダーに確認しましたが、はっきりとはわからないそうです」

「二人は言い争っているようすだった?」

「サントニ夫人はそっけないとまでは言わないまでも、ぐっとこらえているようで、何度も首を横にふりました。そのあとバーテンダーは、青いドレスの女を見失いました」

「まさか給仕長にも話を聞いたわけでは?」

なんだか芝居じみた掛け合いになってきた。

「給仕長はコランクール通りに住んでいます。彼もまだ、眠ってました」

つまりロニョンは、そこへも行ったってことか。

「彼の証言は、バーテンダーの話を裏づけていました。若い女に近づいて、誰か捜しているのかとたずねると、彼女は新婦の友人で、ひと言お祝いを言いに来たと答えたそうです」

ロニョンは立ちあがった。報告はこれですべてらしい。

「よく調べあげたな」

「やるべき仕事をしただけです」

「もう帰って寝ろ。体を大事にしないと」

「ただの風邪です」

「でも、気をつけないと気管支をやられるぞ」

「わたしは毎年冬に、気管支炎になりますが、それで寝こんだことなど一度もありません」

ここがロニョンの困ったところだ。彼は額に汗して（という表現が、まさにぴったりだろう）、役に立ちそうな手がかりをいくつも集めてきた。もし部下のひとりが見つけた手がかりだったなら、メグレはそこから最大限の成果を引き出すべく、すぐさまほかの部下たちにあとを追わせただろう。ひとりですべてはこなせないのだから。

けれども今、メグレがそうしたなら、《不愛想な刑事》は手柄を横取りされると思いこむに違いない。

ロニョンは死ぬほど疲れている。風邪で声が嗄《か》れ、今にもぶっ倒れそうだ。この三日間で、眠ったのはせいぜい七、八時間だろう。それでも、彼に続けさせるしかない。どうせおれは冷や飯食いだ、とロニョンは思っている。厄介な仕事ばかり押しつけられ、最後の最後になって、栄えある成果はごっそり持っていかれてしまうと。

「さて、どうする？」

「別の誰かに交代させるおつもりでないなら……」

「もちろん、そうじゃないさ。きみのためを思って言ってるんだ。少し休まないと」

「退職したら、休む時間はいくらでもありますから。結婚の手続きが行われた八区の区役所や、サントニ夫人が結婚式の日まで宿泊していたホテル・ワシントンへは、まだ行ってません。そこにあたれば、彼女が前にどこで暮らしていたのかわかるでしょう。さらには、殺された女の住所も判明するかも」

「被害者はこの二ヵ月、クリシー通りに住んでいた。クレミュー夫人という、夫に先立たれた老婦人が、アパルトマンの部屋をまた貸ししていたんだ」

ロニョンは悔しそうにぎゅっと口を閉じた。

「その前になにをしていたのかは、わからないけれど。クレミュー夫人の家ではルイーズ・ラボワーヌと名のっていたが、夫人は身分証を確かめたわけじゃない」

「捜査を続けさせていただけますか？」

だめと言っても無駄だろう。

「もちろん、きみがそうしたいなら。でも、無理をするなよ」

「ありがとうございます」

メグレはそのあともしばらくオフィスでひとり、少し前まで《不愛想な刑事》が腰かけていた椅子を、見るともなくじっと見つめていた。

ルイーズ・ラボワーヌの新たな表情が、感光板の写真を現像するように、またしても脳裏に浮かんできた。けれども全体像は、まだぼんやりしたままだ。

定職がなかったこの二カ月間、ジャニーヌ・アルムニューを捜していたのだろうか？　彼女はジャニーヌがマルコ・サントニと結婚し、披露宴が《ロメオ》で行われることを、新聞でいきなり知ったのかもしれない。

だとすると、ルイーズは午後遅くに新聞を読んだことになる。彼女がイレーヌの店にイブニングドレスを借りに行ったのは、夜の九時すぎだったのだから。そして十時ごろ、ドゥエ通りの店を出た。

十時から零時まで、彼女は外で何をしていたのだろう？　ドゥエ通りからコーマルタン通りまで、歩いて二十分もかからない道のりなのに。

そのあいだずっと、通りでためらっていたということか？

ポール医師の報告書が、まだ机のうえにあった。メグレはそれにざっと目を通した。被害者の胃にはかなりのアルコールが残っていたと、はっきり書かれている。

けれども給仕長の証言を信じるならば、彼女が《ロメオ》ですごしたのは十五分ほどだった。なにか飲む暇など、ほとんどなかっただろう。

だとするなら、前もって元気づけに飲んだのか、披露宴会場を出たあと、ヴァンティミユ広場で死体となって見つかるまでのあいだに飲んだのかだ。

メグレは刑事の詰め所へ行き、ジャンヴィエを呼んだ。

「ひとつ頼みがある。ドゥエ通りからコーマルタン通りまで歩いてくれ。通り沿いのバーやカフェに一軒ずつ、被害者の写真を見せるんだ」

「イブニングドレス姿の写真ですか？」

「そう。月曜の晩、午後十時から午前零時までのあいだに、この女を見かけなかったかと」

ジャンヴィエがドアを閉めかけたところで、メグレは呼びとめた。

「ロニョンに会っても、何をしているのか話すんじゃないぞ」

「わかりました、警視」

青いスーツケースは、まだ部屋の隅に置いてある。けれどそこからはもう、なにも得るものはなさそうだ。それは駅の近くやどこのデパートでも売っているような、安物のスーツケースだった。使い古して、もうぼろぼろだ。

メグレはオフィスを出て、廊下の奥にある風紀係のプリオレの部屋にむかった。プリオレは郵便物にサインをしているところだった。メグレはそっとパイプに葉を詰め、そのようすを眺めていた。

「おれに何か？」

「ちょっと訊きたいんだが。サントニって男を知ってるな？」

「マルコか？」

「ああ」

「結婚したって話だな」

「やつについて、わかってることは？」

「大金を稼いでるが、稼ぐのと同じくらい派手に使っている。なかなかのハンサムで女好き。うまい食事と高級車にも目がない」

「悪い噂は？」

「特にない。ミラノの良家の出身で、父親はベルモット酒を手広く扱っている。マルコはフランス支社の代表だ。シャンゼリゼ通りのバーや高級レストランの常連で、美女たちと次々浮名を流していたが、数カ月前からご執心だったのが……」

「ジャニーヌ・アルムニューだったと」

「名前まで知らなかったがね。こっちはやつにも、やつの色恋にも関わりないからな。ただ、結婚するって話を聞いただけだ。なにせナイトクラブを借り切って、盛大な結婚披露宴をしたらしいから」

「結婚相手の女について調べて欲しいんだ。この数カ月は、ホテル・ワシントンに泊まっていた。どこの出身で、サントニと知り合う前は何をしていたのか、女友だち、男友だちはどんな連中か？　とりわけ、女友だちを」

プリオレは紙切れに鉛筆でメモを取った。

「それだけか？　ヴァンティミユ広場で見つかった女の死体と、関係があるんだな？」

メグレはうなずいた。

「おまえのところに、ルイーズ・ラボワーヌっていう女に関する記録はないかな？」

プリオレはあけっぱなしのドアをふり返った。

「ドーファン、名前が聞こえたな？」

「はい」

「確認しろ」

数分後、ドーファン警部が隣室から叫んだ。

「記録はありません」

「残念ながら、そういうことだ。サントニ夫人については、調べてみるが。けれども、すぐに話を聞くのは難しそうだ。なにしろ新聞によれば、新郎新婦はイタリアにいるらしいからな」

「いますぐ訊問してくれとは言ってないさ」

暖炉のうえの置時計が、正午数分前をさしている。メグレのオフィスにも、ほかの警視のオフィスにも、すべて同じ時計が置かれている。

「一杯やりに行くか？」

「今はやめておこう」とプリオレは答えた。「人を待ってるんだ」

メグレは巨体の置き所がないという感じだった。彼はゆっくりと廊下を抜け、むっつり顔でガラス窓の待合室を眺めた。訪問客が二、三人、待ちくたびれている。数分後、メグレは狭い階段をのぼって、裁判所の屋根裏にある鑑識課のドアを押した。ムルスが顕微鏡をのぞきこんでいる。

「被害者の服は調べてくれたか？」

ここはいつでも、しんと静まり返っている。灰色の上っ張りを着た男たちが複雑な器具を操作しながら、落ち着いた雰囲気のなかで細かな作業に取り組んでいた。ムルスは穏やかな心の内を体現するような男だった。

「黒いワンピースはまったくクリーニングに出していませんが、手入れはせっせとしていたようです。ベンジンで染み抜きをしたり、定期的にブラシをかけたり。それでも繊維のあいだに埃が残っていたので、調べてみました。ベンジンでも落とせなかった染みも分析したところ、緑色のペンキでした」

「わかったのはそれだけ？」

「まあ、そんなところです。あとは砂粒がいくつか、見つかりました」

「河原の砂？」

「海岸の砂です。ノルマンディ沿岸の砂でしょう」

「地中海の砂とは違うのか？」

「違います。それに大西洋の砂とも」

メグレはしばらく鑑識課の部屋を歩きまわりながら、パイプを踵にとんとんと叩きつけて、灰を落とした。下の階に降りたのは正午すぎで、刑事たちは昼食にむかおうとしていた。

「リュカが探していましたよ」と刑事のひとりで、メグレの課で働いているジュシューが言った。

リュカはもう帽子をかぶっていた。

「今、出るところなんです。机のうえにメモを置いておきました。フェレが至急電話して欲しいそうです。殺された女の件でしょう」

メグレはオフィスに戻り、受話器を取った。

「ニースの機動隊につないでくれ」

新聞に被害者の写真が載ったというのに、こんなに電話が来ないのも珍しい。これまでのところ、クリシー通りの子守娘ローズからかかってきた一本だけだ。けれども何十人、何百人という人たちが、彼女を目にしているはずだった。少なくとも数カ月のあいだ、パリを歩きまわっていたのだから。

「もしもし。きみか、フェレ？」

「警視ですか？」

フェレ警部はニースに移る前、メグレの部下だった。妻が体を壊したので、転勤を申し出たのだ。

「警視が調べている人物について、今朝早く電話がありました。ところで、もう名前は判明したんですか？」

「ルイーズ・ラボワーヌというらしい」

「ああ、やっぱり。詳しくお話ししましょう。でも言っておきますが、大した手がかりではありませんよ。突っこんで調べるのは、警視の指示を待ってからにしようと思いまして。今朝、八時半ごろ、魚屋のおかみから電話がありました。名前はアリス・フェイヌルーといって……もしもし……」

「聞こえてる」

メグレはロニョンが残していった紙切れの一枚に、念のため名前をメモした。

「彼女は新聞に載った写真の主に、見覚えがあるって言うんです。でも四、五年も前のことらしくて。当時、被害者の女はまだ少女で、魚屋の隣の建物に母親といっしょに住んでいました」

「彼女は母娘のことをよく知ってたのか？」

「母親の収入は多くなかったようです。それはよく覚えているとか。《あの手のお客には、つけで売らないようにしないと》って言ってました」

「ほかには、どんなことを？」

「母親と娘はクレマンソー大通りからほど近い、まずまず快適なアパルトマンに住んでました。母親は若いころ美人だったろう、と思ったそうです。でも十五、六の娘がいるにしては、普通より歳がいってました。当時、五十をだいぶ越えていたとか」

「二人はどうやって暮らしてたんだ？」

「そこが謎なんです。母親はめかしこんで昼すぎに出ていき、戻ってくるのは夜遅くでした」

「それだけか？　男がらみの話はなしか？」

「ありません。ゴシップめいた話があれば、魚屋のおかみは大喜びでしゃべったでしょうし」

「二人はいっしょにそこを引っ越していったと？」

「そのようです。ある日、母娘は姿を消しました。どうやら、あとに借金を残して」

「それでラボワーヌの名前が、そっちの記録に残っていないか確かめたんだな？」

「真っ先に調べてみましたよ。でも、見つかりませんでした。同僚にもたずねてみました。古株のひとりは、聞き覚えがあるって言ってましたが、よく思い出せなくて」

「もう少し調べてくれるか？」

「やれるだけやってみます。特にどんなことをお知りになりたいんでしょう？」

「なにもかもだ。娘がいつニースを出たのか？　母親はどうなったのか？　生活の糧はどうしてたのか？　どんな人々とつき合っていたのか？　当時、娘は十五、六歳だったとしたら、まだ学校に通っていただろう。町の学校も確かめてくれ」

「わかりました。なにかわかったら、すぐにご連絡します」

「カジノもあたってみたほうがいい。母親が出入りしていたかどうかも」

「それはわたしも考えていました」

新たな顔が浮かんできた。今、電話の話から想像されるのは、少女の姿だった。魚屋に買い物に来た少女。けれども母親がつけを払っていないので、魚屋のおかみはそっけない。

メグレはオーバーを着て帽子をかぶり、階段を降りた。両側から憲兵につかまれた男とすれ違ったが、メグレは目もくれなかった。中庭を通り抜ける前に、ホテル管理課に入り、紙にルイーズとジャニーヌ・アルムニューの名前を書いた。

「宿帳の記録にこの名前が出てこないか、調べてくれ。今年より去年の記録を重点的に」

哀れなロニョンには、仕事の一部をこうしてこっちでやっていると知られないほうがいい。

にわか雨は数分前にあがり、太陽が顔を出していた。舗石の雨水は、もう乾き始めている。メグレは通りがかりのタクシーを止めようとしてふと気を変え、ブラッスリー《ドーフィーヌ》にゆっくりとむかってカウンターの前に立った。飲みたいものが、特にあるわけではなかった。別の課の刑事が二人、年金の受給年齢について話している。

「何をさしあげますか、メグレさん？」

メグレは機嫌が悪そうだと、人は思うかもしれない。けれども彼を知る者なら、そうではないとわかるだろう。ただメグレは、いっぺんにいろいろな場所に身を置いてみているだけなのだ。夫に先立たれた老婦人が暮らす、クリシー通りのアパルトマン。ドゥエ通りの洋品店。トリニテ公園のベンチ。そして今は、少女が店先に立つニースの魚屋を脳裏に思い描いている。

そうしたイメージが混ざり合い、さらに渾然としたなかから、やがてなにかがあらわれ出てくる。それはどうしても拭い去れない、ひとつのイメージだった。電灯のまぶしい光に照らされた裸体。傍らには白衣を着て、ゴム手袋をはめたポール医師の姿もある。

「ペルノー酒を」とメグレは反射的に答えた。

たしかポール医師はこう言っていた。被害者は膝をついたあと、頭を殴られたと。彼女はその少し前、コーマルタン通りの《ロメオ》に行った。そこでタクシー運転手が、彼女のみすぼらしいドレス姿を見かけている。バーテンダーも、彼女がダンスをする人々のあいだに紛れこむのを見ている。彼女は給仕長と話し、新婦と言葉を交わした。

それから彼女は、雨のなかを歩いた。サン＝トーギュスタン広場を横ぎるところも目撃されている。次には、オスマン大通りとフォブール・サン＝トノレ通りの角にいるところも。

彼女はそのあいだ、何を考えていたのだろう？　どこへ行こうとしていたのか？　どうするつもりだったのか？

彼女はほとんど一文無しだった。一食分、あるかないかだ。クレミュー夫人には、部屋を追い出されてしまった。

そんなに遠くへは行けなかったはずだ。どこかで平手か拳で殴られ、膝をついたところで、重い鈍器で頭を叩き割られた。

検死解剖によれば、それが午前二時ごろのこと。零時から二時まで、彼女は何をしていたのか？

殺されたあとはもう、彼女の問題ではない。考えるべきは、殺人犯の行動だ。犯人は死体をヴァンティミユ広場の真ん中に捨てに行った。

「妙な娘だ」とメグレはつぶやいた。

「何か言いましたか？」とウェイターがたずねる。

「いや、べつに。何時だ？」

メグレは昼食をとりに、家に帰った。

「昨日の晩、あなたに訊かれたことだけど……」とメグレ夫人は、二人で食事をしながら言った。「朝からずっと、考えていたのよ。若い娘がイブニングドレスを着る理由が、もうひとつあったわ」

メグレはロニョンに対するほど、妻に気を遣えなかった。だから話の腰を折って、ぼそっと言ってしまった。

「わかってる。結婚式だろ」

メグレ夫人はそれ以上、なにも言わなかった。

5 ルーレットで暮らす女、おしゃべり好きな老嬢、そしてベッドの下に隠れていた娘

その日の午後、メグレは二度三度と書類から顔をあげては空を眺めた。金色に縁どられた雲が真っ青な空に浮かび、街の屋根に陽光が輝いている。彼はほっとため息をついて仕事の手を休め、窓をあけに行った。

けれども席に戻り、心地よい春風のなかでゆっくりパイプを楽しみ始めるなり、書類がぱたぱたとはためき、部屋に舞い散りそうになるのだった。

見れば金色に染まった白雲は姿を消し、暗い灰色の雲が立ちこめている。たちまち横殴りの雨が、窓の下枠に吹きつけ始める。サン＝ミシェル橋では人々が、古い無声映画のように突然足早に歩き出し、女たちはスカートの裾をたくしあげた。

二度目のときは、雨でなく雹《ひょう》が降った。雹はピンポン玉みたいに跳ね返り、メグレがあわてて窓を閉めに立ったとき、部屋のなかにまで落ちていた。

ロニョンはまだ、外にいるのだろうか？　猟犬のように耳を垂れ、虚ろな目をして、曖

味な手がかりを追って人ごみのなかを歩きまわっているのか？　そうかもしれない。きっとそうだろう。電話はかかってこない。ロニョンはけっして傘を持ち歩かなかった。にわか雨が止むまで、ほかの人たちと家の軒先に身を寄せるような男でもない。むしろ進んでひとり、ずぶ濡れになりながら、不正義と自意識の犠牲になって大雨のなかを歩き続けるはずだ。

　ジャンヴィエは三時ごろ、ほろ酔いで戻ってきた。彼のそんなところを見るのは、珍しかった。いつもより目が輝き、声も陽気そうだ。

「大当たりでしたよ、警視」

「何が大当たりなんだ？」

　ジャンヴィエの口調は、まるで被害者の若い女が生き返ったと言わんばかりだった。

「警視の見こみどおりでした」

「話してくれ」

「バーやカフェをしらみつぶしにまわりました」

「それで？」

「彼女が寄ったのは、コーマルタン通りとサン＝ラザール通りの角の店でした。ウェイターはウジェーヌという名の、禿げ頭の男でした。ベーコン＝レ＝ブリュイエールに住んでいて、殺された女と同い年くらいの娘がいるそうです」

ジャンヴィエは煙草を灰皿のうえでもみ消すと、もう一本火をつけた。

「彼女は十時半くらいにやって来て、隅のレジの脇に腰かけました。寒かったらしく、グロッグを頼みました。ウジェーヌが飲み物を持っていくと、彼女は公衆電話用のコインが欲しいと言いました。けれど電話ボックスに入っても、すぐにまた出てきました。そうやって零時ごろまで、少なくとも十回は誰かに連絡を取ろうとしていました」

「グロッグは何杯飲んだんだ？」

「三杯です。数分ごとに電話ボックスに入っては、ダイヤルをまわしていました」

「最後にはつながったんだろうか？」

「ウジェーヌはわからないと言ってました。電話をかけに行くたび、彼女が泣き出すんじゃないかと思ったそうです。でも、結局泣きはしませんでした。ときおり声をかけてみたけれど、彼女は黙ってウェイターの顔を見つめるだけでした。これで話が合いますよ。彼女はドゥエ通りの洋品店を十時少しすぎに出て、コーマルタン通りまでゆっくり歩いてきました。カフェに入って、誰かと電話で連絡を取ろうとし、それから《ロメオ》にむかったんです。グロッグ三杯は、若い女にはなかなかの量でしょう。けっこう酔っていたはずです」

「それでもう、バッグのお金は使い果たしたろうな」とメグレは言った。

「そこまで考えませんでしたが、たしかにそのとおりだ。で、このあと何をしたら？」

「今、やりかけの仕事は？」

「日常業務だけです」

ジャンヴィエは机に身を乗り出した。外まわりが終わってしまい、彼も残念そうだった。

メグレは書類をめくってメモを取り、ときどき別の部署に電話をかけた。五時近くにプリオレがやって来て、こうたずねながら腰かけた。

「邪魔したかな？」

「大丈夫。片づいた事件をまとめているだけだ」

「リュシアンを知ってるだろ。うちの課の刑事で、お宅の近くに住んでいるんだが」

そういえば、ぼんやりと覚えている。小柄で太った、真っ黒い髪の男で、たしか奥さんは、シュマン＝ヴェール通りで薬草販売店をしているはずだ。夏場、メグレが夫婦でパルドン医師の家へ夕食に行くときなど、店先に立っているのを見かけた気がする。

「十五分前に、たまたまリュシアンにたずねてみたんだ。ほかの部下たちみんなにも、したみたいに」

「ジャニーヌ・アルムニューのことを？」

「そうとも。するとあいつ、眉根を寄せてじっとおれを見つめ、こう言うんだ。《偶然ですね。さっき昼食のときにも、家内からその話をされたんです。あんまりよく聞いていませんでしたが。ちょっと待ってください。思い出してみますから。そうそう、こんなふうに言ってました。隣の家に住んでいた、胸の大きな赤毛の美人を覚えているでしょう? 彼女、金持ちの男と結婚し、ナイトクラブを借り切って披露宴をしたそうよって。家内は名前も言ってましたが、たしかにアルムニューでした。もううちの店に、吸い玉を買いに来ないわねって、家内はつけ加えました》って」

メグレも街で彼女と出会っていたかもしれない。メグレ夫人だって、同じ店で買い物をしていたかも。食べ物はほとんどすべて、シュマン＝ヴェール通りで買っているのだから。

「リュシアンは調べたほうがいいかと訊いたけれど、この事件はきみが扱いたいだろうって答えておいたよ」

「サントニについては、なにも?」

「興味をひくような話はないな。彼が結婚すると聞いて、友人たちはみんな驚いていたってことくらいで。これまでやつの情事は、長続きしたためしがないから」

驟雨の合間の青空だった。太陽が輝き、雨が乾いていく。メグレは外に出たくなった。コートと帽子に手をかけようとしたとき、電話が鳴った。

「もしもし、メグレだが」

ニースのフェレからだった。むこうでなにかつかんだのだろう。さっきのジャンヴィエに劣らず、興奮した声だった。

「母親が見つかりました、警視。彼女の話を聞くため、モンテ＝カルロまで行かねばなりませんでしたよ」

えてして、こんなものだ。数時間、数日、ときには数週間、足踏みが続いたあと、いっきにあらゆる手がかりが集まり出す。

「カジノにいたのか？」

「まだいますよ。掛け金を取り戻して、食事代を稼ぐまでは、ルーレットから離れるわけにいかないって言うんです」

「毎日通っているのか？」

「ええ、ほかのみんなが仕事に通うみたいに。生活費に必要な数百フランを稼ぐまで、賭け続けるんです。あとは粘らずに、さっさと引きあげますがね」

そのあたりの事情は、メグレもよく知っている。

「そっちの天気はどうだ？」

「文句なしです。カーニヴァル目あてでやって来た外国人で、あふれ返っていますよ。明日は花合戦の日なので、観客席設置の真っ最中です」

「母親の名もラボワーヌなのか？」

「身分証の名前はジェルメーヌ・ラボワーヌとなっていましたが、本人はリリアーヌと名のっています。ルーレットのディーラーたちには、リリーの名で通っています。六十近い歳ですが、厚化粧にイミテーションの宝飾品をじゃらじゃらとつけて。警視もご存じですよね、その手の連中のことは。ルーレット台から引き離すのにも、ひと苦労でした。彼女は常連客然として、張りついているんです。しかたないので、はっきりこう言ってやりました。《娘さんが亡くなったんですよ》って」

メグレはたずねた。

「新聞で知っていたのでは？」

「新聞なんて、読みはしませんよ。あいつら、ルーレットのことしか頭にないんです。毎朝、買うものといったら、前日に出た数字の目のリスト。それから大挙してニースで同じバスに乗り、ルーレット台にむかいます。デパートの売り子が、レジに走っていくみたいに」

「それを聞いて、どんな反応だった？」

「なんて言ったらいいのか。赤の目が五回続けて出たところでした。彼女は黒に賭けていました。まずはチップをクロスのうえに押しやり、ぶつぶつと口を動かしましたが、何を言っているのかわかりませんでした。そしてようやく黒の目が出ると、勝ち金を集めて立ちあがりました。
《何があったの？》と彼女はたずねました。
《外で話しませんか？》
《そうはいかないわ。台のようすを見ておかないと。ここでもかまわないでしょ。どこで死んだの？》
《パリです》
《病院で？》
《殺されたんです。通りで死んでいるのを発見されました》
《事故ってこと？》
《殺人です》
彼女は驚いたようですが、それでもディーラーが勝ち番号を知らせる声に、耳を澄ませていました。そしていきなり、わたしの話を遮りました。
《ちょっと、ごめんなさい》
彼女はチップをテーブルの升目に置きに行きました。麻薬でもやってるのだろうかって、思いましたよ。でもよく考えたら、そうではなさそうです。夢中になるあまり、ただひたすら機械的に賭け続けているんです。わかりますよね、そういうの？」

よくわかる、とメグレは答えた。彼女のような連中を、何人も見てきた。

「彼女から話を聞き出すのには、時間がかかりました。何度もこう繰り返すんです。

《今夜、ニースに戻ったときでいいでしょうに。どうしてそれまで待てないんですか？お知りになりたいことは、すべて話しますから。隠し立てする必要なんか、なにもありません》

聞いてますか、警視。カジノを離れるわけにいかないって彼女が主張するのも、まんざら間違ってはいないんでしょう。賭けはあの連中にとって、ほとんど仕事みたいなものですから。彼らの元手なんて、たかが知れています。何度も賭け続けて、それをようやく倍にするんです。いつかは賭けた色が出て、掛け金が二倍になればいいんですから。危ないことなんかなにもありません。彼らはわずかな儲けで満足します。生活費と、毎日のバス代が出るくらい稼げればいいんです。常連客の一団には男もいますが、大方は年配の女です。カジノの経営者は、彼女たちのことをよく心得ています。客が混みあって、テーブルがいっぱいのときは、数時間粘って稼ぐような金額を手っ取り早く勝たせて、さっさと追い払うんです……」

「彼女はひとり暮らしなのか？」

「ええ、彼女が帰ってくる時間を見はからい、家まで会いに行かねばなりません。ヴィクトル＝ユゴー大通り近くのグルーズ通りに、家具つきの部屋を借りているとか。ドレスも帽子も古ぼけて、十年以上は使ってるでしょう。結婚したことがあるのかとたずねると、《何をもって結婚と呼ぶか次第ね》と答えました。

昔は舞台に立っていたとかで、何年かリリー・フランスの名で、東欧や小アジアをまわっていたそうです。それがどういうものか、警視もご存じでしょうが」

かつてはそうしたどさまわりの芸人を斡旋する紹介所が、パリにいくつかあった。ダンスのステップをいくつかと、歌を何曲か教わると、すぐにトルコやエジプト、ベイルートに送られ、キャバレーでホステス代わりをすることになる。

「娘はそっちで生まれたのか？」

「いえ、彼女はフランス生まれです。母親はそのとき、四十近くになってました」

「ニースで？」

「ええ、わたしが聞いたところでは。ルーレットの小さな球に目が釘づけで、球がとまるたびに指が震えるような女を相手に話を聞き出すのは、たやすいことじゃありませんからね。でも最後には、きっぱりとこう言いました。《わたしがなにか悪いことをしたっていいうの？　もう、放っておいて。あなたの質問には、今夜ちゃんと答えるって約束するから》って」

「わかったのはそれだけか？」

「いいえ、娘は四年前に家を出ました。もう戻らないと、置き手紙をして」

「つまり、十六そこそこのときってわけか」

「ちょうど十六歳でした。誕生日が来たその日に家を出て、それ以来まったく音沙汰なしだとか」

「母親は警察に届けなかったのか？」

「ええ、厄介払いができて、せいせいしたんじゃないですか」

「娘がどうしていたか、母親はまったく知らなかったと？」

「数カ月して、一通の手紙が届いたそうです。差出人はパリのシュマン＝ヴェール通りに住むポレという名の女性で、娘さんをちゃんと見張っておくように、できればパリでひとりにしておかないほうがいいと書いてありました。マドモワゼル・ポレの番地まではわかりませんが、今夜、家に帰れば手紙があるからとラボワーヌ夫人は言ってました」

「番地はもうわかってる」

「ご存じだったんですか？」

「多少のことは」

メグレは、脇で聞いているプリオレにちらりと目をやった。同じ手がかりがいちどきに、いろいろな方向から集まり始めた。

「ラボワーヌ夫人とは何時の待ち合わせだ？」

「彼女がニースに戻って来たらすぐですが、七時かもしれないし、零時かもしれません。ルーレットの目次第ですね」

「じゃあ、自宅のほうに電話してくれ」

「わかりました、警視」

メグレは電話を切った。

「フェレがニースからかけてきた電話によると」と警視はプリオレに言った。「ジャニーヌ・アルムニューがシュマン＝ヴェール通りで住んでいたのは、マドモワゼル・ポレという女の家らしい。彼女は、殺されたルイーズ・ラボワーヌのことも知っていた」

「行ってみるんだろ？」

メグレはドアをあけた。

「いっしょに来てくれ、ジャンヴィエ」

二人はすぐさま車に乗って、シュマン＝ヴェール通りの薬草販売店にむかった。カウンターのむこうに、リュシアンの妻が立っている。薄暗い店のなかには、薬草の匂いがたちこめていた。

「あら、メグレさん、何のご用ですか？」

「ジャニーヌ・アルムニューを知ってますね？」

「主人から聞いたんですか？　今日の昼、ちょうどその話をしたんです。結婚の記事を新聞で見たものですから。とっても美人さんで」

「最後に彼女と顔を合わせたのは、ずいぶん前のことですか？」

「少なくとも、三年はたってますね。ちょっと待って。あれは主人が昇進する前だから、もう三年半近くになるわ。若いけれど大人っぽくて、一人前の女って感じでした。通りを歩けば、男たちがみんなふり返るような」

「隣の家に住んでいたとか？」

「ポレさんのところです。電話局に勤めてますが、うちのお得意さんです。ポレさんは彼女の叔母なんです。でも結局、仲たがいをしたらしく、ジャニーヌがひとり暮らしをすることにしたんです」

「ポレさんは今、家にいるでしょうかね？」

「たしか今週は早番で、仕事は朝の六時から午後三時までのはずです。うまくすれば、いるかもしれません」

メグレとジャンヴィエは、さっそく隣の建物にむかった。

「ポレさんの部屋は？」と管理人にたずねる。

「三階の左です。先客がいるようですが」

建物にはエレベーターがなく、階段は薄暗かった。ドアの脇には呼び鈴のボタンの代わりに、編んだ飾り紐がさがっている。それを引っぱって、なかのベルを鳴らすのだ。

ドアはすぐにあいた。痩せて気難しそうな顔をした女が、小さな黒い目で二人をねめつけた。

「ご用件は？」

メグレが口をひらきかけたとき、奥の薄暗がりにロニョン警部の顔が見えた。

「悪かったな、ロニョン。きみが来ているとは知らなかったので」

《不愛想な刑事》はあきらめきったように、じっとメグレを見つめた。マドモワゼル・ポレが小声でたずねる。

「お知り合いなんですか？」

彼女はメグレたちもなかに通すことにした。部屋はきれいに片づいていたが、調理の匂いがした。総勢四人が狭い食堂に集まったので、身の置き所に困るほどだった。

「ずっと前に着いてたのか、ロニョン？」

「五分にもなりません」

どうやってこの住所を調べ出したのかたずねるのは、あとまわしにしよう。

「すでにわかったことは？」

それに答えたのは、マドモワゼル・ポレだった。

「こちらの方に、知っていることを話し始めたところでした。まだ全部、終わっていませんね。新聞の写真を見たのに警察に行かなかったのは、本当に彼女なのか自信がなかったからです。三年半もあれば、ひとは変わりますから。とりわけ、あの年ごろでは。そもそも、自分と関係のない事件に巻きこまれたくありませんでしたし」

「でもジャニーヌ・アルムニューは、あなたの姪御さんですよね」

「わたしが言っているのは姪のことではなく、その友だちのほうです。たしかにジャニーヌは腹違いの兄の娘ですが、育て方を間違ったんじゃないでしょうかね」

「姪御さんは南仏の出身だとか？」

「リヨンを南仏と呼ぶならばですが。兄は製糸工場に勤めていますが、奥さんを亡くしてからひとが変わってしまいました」

「亡くなられたのはいつ？」

「去年です」

「姪御さんのジャニーヌ・アルムニューがパリで暮らすようになったのは、四年前からですよね？」

「ええ、ほぼ四年前ですね。リヨンに飽き飽きしたんでしょう。あの子は十七歳で、自分らしく生きたいと思っていたんです。今どきの若い娘《むすめ》は、みんなそうでしょうけど。引きとめられなかったと、兄は手紙で書いてきました。ジャニーヌは家を出る決意だって。だから泊めてやって欲しいというんです。いいわ、とわたしは返事をしました。できたら勤め先も見つけてあげようと」

マドモワゼル・ポレはひと言、ひと言区切って、ゆっくりと話した。まるで自分の話が、とても重要であるかのように。それからメグレたちを順番に見つめて、だしぬけにこうたずねた。

「でも、どういうことかしら。三人とも警察の方なのに、別々にいらしたのは？」

どう答えればいいのだろう？　ロニョンは顔を伏せている。

「わたしたちは、別の課に所属しているんです」とメグレは言った。

彼女はメグレの威容を眺めながら、遠慮なくずけずけとたずねた。

「いちばん偉いのはあなたのようですが、階級は？」

「警視です」

「あなたがメグレ警視さん？」

メグレがうなずくと、彼女は椅子をすすめた。

「おかけください。すべてお話しします。どこからだったかしら？　そうそう、兄から手紙が来たってところね。ご覧になりたければ、捜しますが。受け取った手紙は、すべてとってありますから。家族の手紙もです」

「その必要はありません。どうも」

「まあ、どちらでも。ともかくわたしは手紙を受け取り、返事を書きました。するとある朝、七時半ごろ、姪がやって来たんです。そのことひとつとっても、どんな子かわかろうってものだわ。もっと便利な昼間の便がいくらでもあるのに、わざわざ夜行列車に乗ってきたんです。そのほうがロマンティックだからって。わたしが遅番の週だったから、よかったものの。まあ、いいわ。服装や髪型のことも、ここでは触れずにおきましょう。でも、ひと言はっきり言ってやりましたよ。ご近所の人たちからうしろ指をさされたくなかったら、そんなかっこうはやめたほうがいいって。

二十二年前から住んでいるアパルトマンは広くも立派でもありませんが、いちおう寝室は二つあります。だからそのうちひと部屋を、ジャニーヌに使わせました。一週間、あの子といっしょに出かけて、パリを案内してあげたんですよ」

「なにかやりたいことが、あったんでしょうかね？」

「決まってるじゃないですか。金持ちの男を捕まえようっていうんです。新聞記事によれば、目的は達成したようね。でも、わたしだったら、あの子みたいな人生を送りたいとは思わないけど」

「職は見つかったんですか？」

「グラン・ブールヴァールの店で、売り子を始めました。オペラ座広場近くの、革製品店で」

「そこには、長く勤めたんですか？」

彼女は自分なりのやり方で話を進めたいらしく、苛立ちを隠そうとしなかった。

「そうやってひっきりなしに質問をされたのでは、考えがまとまらないわ。すべてお話ししますから、ご心配なく。そんなわけでわたしは、ここで姪と二人暮らしを始めました。正確に言うと、二人きりで暮らしているものと思いこんでいたんです。わたしは遅番で午前中が暇な週と、早番で午後三時に仕事が終わる週を、交互に送っていました。何カ月かがすぎた、とても寒い冬のことでした。わたしはいつも近所で買い物をしていました。それがずっと習慣だったんです。どうもおかしいと思い始めたのは、食べ物のせいでした。

とりわけバターの減りが、尋常じゃないんです。それにパンも。しまっておいたはずの肉やお菓子の残りが、食品棚からなくなっていることもありました。
《あなた、あばら肉を食べた?》
《ええ、叔母さん。昨日の夜、ちょっとお腹がすいちゃって》
細かな話は抜きにしましょう。ともかくわたしは、なかなか気づきませんでした。わかりますか、ことの真相が? その間ずっと、わたしが知らないうちに、第三の人間が部屋にいたんです。
言っときますが、男じゃありませんよ。それは女の子でした。新聞に写真が載っていた娘《むすめ》です。ヴァンティミユ広場で、遺体が見つかったっていう。ここだけの話、わたしの不安が的中したってことだわ。だってそれは、あなたやわたしみたいな人たちの身にけっして起きないことなんですから」
マドモワゼル・ポレは息もつかずしゃべり続けた。窓に背を寄せ、引きしまったお腹のうえで両手を組み、まっすぐ立っている。言葉が次々にあふれ出し、ロザリオを繰るように話は続いた。
「あと少しで終わりますから大丈夫。お時間は取らせません。とてもお忙しいお仕事だっていうのは、よくわかっています」

彼女はもっぱらメグレに話しかけ、ロニョンのことはもう、端役扱いしかしていなかった。

「ある朝、部屋の掃除をしていたら、落とした糸巻がジャニーヌのベッドの下に転がってしまって。わたしは屈んで、取り出そうとしました。正直、思わず悲鳴をあげてしまいましたよ。もしわたしの立場だったら、あなたもおんなじだったんじゃないかしら。ベッドの下には、人が潜んでいたんですから。猫みたいな目で、じっとこっちをにらんでいるんです。

さいわい、それは女でした。だから少しは恐怖も和らぎました。わたしは念のため火掻き棒を取りに行き、女に言いました。

《そこから出てきなさい》

彼女はジャニーヌよりもまだ若くて、十六そこそこでした。でも、わたしに見つかって泣き出すとか、許しを乞うただろうってお思いなら、大間違いだわ。ただわたしを、じっと見つめるばかりなんです。とんでもないことをしでかしたのは、わたしのほうだとでも言うように。

《誰があなたを家に入れたの？》

《わたし、ジャニーヌの友だちです》

《だからベッドの下に隠れていたってわけ？　そこで何をしていたのよ？》
《あなたが外出するのを待っていました》
《何のために？》
《わたしも外に出るためです》
想像できますか、警視さん？　こんなことが何週間、何カ月も続いていたなんて。彼女は姪と同時にパリにやって来ました。二人は列車のなかで知り合ったんです。三等車では眠れなかったので、お互い身の上話をして夜をすごしました。名前はルイーズ。パリに着いたとき、二、三週間暮らせるくらいのお金は持っていたそうです。
彼女は封筒に切手を貼る仕事を見つけました。どこの会社かは知りませんが、そこの社長がすぐに言い寄ってきたので、平手打ちを食らわして辞めたのだとか。
本人はそう言っていましたが、どこまで本当の話やら。
お金がなくなって、泊まっていた家具つきの部屋を追い出されると、彼女はジャニーヌを頼ってやって来ました。姪は別の仕事が見つかるまで何日か、ここに泊めてあげることにしたんです。
でもそれを、打ち明けられませんでした。だからわたしの留守中に、友だちをそっと部屋に入れました。そしてわたしが眠りこむまで、ルイーズは姪のベッドの下に隠れていたんです。

わたしが遅番の週は、仕事が午後三時に始まるので、二時半までベッドの下にいなければなりませんでした」

メグレは笑みを浮かべないように、ずっと気をつけていた。マドモワゼル・ポレは彼から目を離さない。少しでも皮肉っぽい表情を見てとったら、気を悪くするだろう。

「つまり……」と彼女は言った。

その言葉を繰り返すのは、少なくとも三度目だった。メグレは思わず腕時計を見た。

「話が長いようなら……」

「いえ、そんな」

「なにかお約束でも？」

「まだ時間はあります」

「もう終わりますから。ただ、ぜひとも知っていただきたくて。何カ月ものあいだ、わたしの話したことがすべて、第三者に聞かれていたってことを。わたしの行き来をうかがっている、見ず知らずの怪しげな娘《むすめ》に聞かれていたんですよ。わたしは日々、ささやかな暮らしを送っていました。わが家にいるんだと、疑うことなく信じていたんです……」

「彼女の母親に、手紙を書きましたね？」

「よくご存じですね。母親から聞いたのですか？」

ロニョンは白けた顔をしていた。彼はポレにつながる手がかりを、独力で見つけた。そのために足を棒にして、パリをえんえん歩きまわったに違いない。にわか雨に襲われ、どんなにずぶ濡れになったことか。それでも頑なに、雨宿りもせずに。

メグレのほうは、オフィスを出るまでもなかった。ゆっくりかまえているだけで、おのずと手がかりが集まってくる。ロニョンとほとんど同時にポレまでたどりついただけでなく、ほかにもつかんでいることがある。

「すぐに手紙を書いたわけではありません。まずは彼女を追い出しました。もうここに足を踏み入れるなと言って。警察に訴えてもよかったんでしょうけど」

「住居侵入罪で？」

「何カ月間も勝手に飲み食いしていたんだから、立派な泥棒だわ。姪が帰ってきたら、はっきり言ってやりました。あなたのことは見損なった、あんな娘《こ》とつき合っているんじゃないって。結局ジャニーヌも、似た者どうしだったんだわ。数週間後、それがはっきりわかりました。今度は姪が家を出て行き、ホテル暮らしを始めたときにね。自由にやりたかったってことなんでしょう。男を引っぱりこむために」

「本当にそうしていたんですか？」

「さもなきゃどうして、家具つきホテルなんかで暮らす必要があるんです？　ここにいれば、ねぐらも食べ物もあるっていうのに。わたしは姪を問いただして、友だちの名前と母親の住所を聞き出しました。どうしたものかと、一週間くらい迷ったのですが、思いきって手紙を書きました。まだ写しを持っています。手紙の効果があったかどうかはわかりません。でも、わたしが娘《むすめ》を保護しなかったからって、母親に文句を言われたくないですから。写しをご覧にいれましょうか？」

「その必要はありません。姪御さんが出て行ったあとも、連絡は取り合っていたんですか？」

「ちょっと顔を見に寄ろうとか、新年の挨拶に来ようとか、そんな気はまるでなかったようです。今どきの若者は、みんなそういうものなんでしょうかね。あの子についてわずかに知っていることと言えば、兄をとおして漏れ聞こえてくる話くらいで。でも兄は、なんにもわかっていませんでした。姪は父親を、うまく丸めこんでいたんです。ときどき手紙を書いては、ちゃんと働いている、元気だから心配いらない、そのうち会いに行くと言ってました」

「けれどもリヨンには、まったく帰られなかったと？」

「一度だけ、クリスマスに」

「兄弟、姉妹はいないんですか?」

「兄がひとりいましたが、サナトリウムで亡くなりました。つまり……」

ポレがこの言葉を何度口にしたか、メグレは無意識に数え始めていた。

「姪はもう成年に達しています。結婚の話は、兄に伝えているでしょう。けれど兄からは、なんの連絡もありませんでした。わたしはそのニュースを、新聞で知ったんです。それにしても不思議なのは、披露宴のまさにその晩、姪の友だちが殺されたってことです。そう思いませんか?」

「二人はずっと会っていたんでしょうか?」

「わたしが知るわけありません。でも言わせてもらえば、ルイーズみたいな娘《むすめ》は、そう簡単に友だちを手放さないでしょうね。他人に頼って生きている人たちですよ。ベッドの下に隠れているような。どんなことだって厭いません。サントニとやらが本当に金持ちなら……」

「それではこの三年間、姪御さんとは会っていないと?」

「三年とちょっとです。でも一度、去年の七月ごろに、列車のなかで見かけました。サン＝ラザール駅でした。わたしは日帰りで、マント＝ラ＝ジョワに行くところでした。毎日とても暑かったので、休みを取り、田舎に足をのばすことにしたんです。隣の線路にも、列車がとまっていました。豪華な特急列車で、ドーヴィル行きだということです。わたしが乗っている列車が動き始めたとき、コンパートメントにジャニーヌの姿が見えました。彼女はすぐそばの人を指さし、わたしにちらりと皮肉っぽい合図をしました」

「いっしょにいたのは女でしたか？」

「こちらからは、わかりませんでした。姪はずいぶんといい身なりをしているな、とわたしは思いました。その列車は、すべて一等でしたし」

　ジャンヴィエはいつものように、メモを取っていた。マドモワゼル・ポレのおしゃべりは簡単に要約できたので、さほど手間はかからなかった。

「姪御さんがここで暮らしていたころ、彼女の交友関係については聞いていませんでしたか？」

「本人が言うには、つき合っている相手はいないとのことでした。でもベッドの下に誰かを隠しているような娘《こ》の言葉なんか、信じられませんが」

「どうもありがとうございます」

「お知りになりたいことは、これで全部ですか？」

「そちらから、ほかになければ」

「さあ、どうでしょうか。なにか思い出したら……」

マドモワゼル・ポレは警官たちがドアにむかうのを、残念そうに見送った。もっと話すことがあったらよかったのに、と彼女は思った。ロニョンはメグレとジャンヴィエを先に行かせ、最後に階段を降り始めた。

歩道に出ると、警視は言葉に詰まった。ロニョンにどう説明したらいいだろう。

「悪かったな。きみが来ているとわかっていたら……」

「べつに、かまいません」

「いい仕事をしたじゃないか。ここにきて、事態は急展開を始めたようだ」

「つまり、わたしはもう用済みだってことですか？」

「そうは言ってないが……」

リュシアンの妻が、薬草販売店のガラス越しにこっちを見ている。

「ただ今のところ、きみにやってもらうことは、特になにもないようだ。そろそろ休んだほうがいいぞ。気管支炎も治さなくては」

「ただの風邪です。お気遣いはありがたいですが」

「どこで降ろしたらいい？」

「けっこうです。地下鉄に乗りますから」

車で帰る人間と、地下鉄にむかう自分との違いを、あくまではっきりさせたいのだ。もう六時になる。地下鉄はさぞかし混みあっているだろう。

「ともかく、よくやった。なにか新たにわかったら、電話してくれ。こっちもきみに連絡を取るようにするから」

メグレは車に乗ってジャンヴィエと二人きりになると、ため息をついた。

「ロニョンには気の毒なことをしたな。あいつが帰ったあとに着けばよかったんだが」

「局に戻りますか」

「いや、自宅にやってくれ」

そこからメグレの家まで、ほんの目と鼻の先だったので、今聞いたばかりの証言を云々する暇はなかった。けれど二人とも、考えていることは同じだった。母親のもとから逃げ出した十六歳の少女。彼女は数カ月間、毎日ベッドの下に隠れていなければならなかった。

クレミュー夫人は彼女のことを、誰とも話をしようとしない、お高くとまった娘《むすめ》だと言っていた。ラルシェ家の子守娘ローズは、彼女がトリニテ公園のベンチに腰かけ、何時間もひとりでいたのを目撃している。彼女はマドモワゼル・イレーヌの店に、二度にわたりひとりでやって来た。ひとりきりで《ロメオ》に行き、ひとりきりで出てくると、乗っていかないかというタクシー運転手の誘いを断った。運転手はしばらくして、彼女が雨のなか、サン＝トーギュスタン広場を横ぎるのを見た。そのあと、フォブール・サン＝トノレ通りを歩いているのも。

そこで彼女の足跡はいったん途切れ、次にあらわれたのは、ヴァンティミユ広場の濡れた舗石に、死体となって横たわる姿だった。

そのときはもうビロードのケープも、借りものの銀色のハンドバッグもなかった。ハイヒールの靴は片方脱げて、どこかにいってしまったようだ。

「じゃあ、警視、また明日」

「また明日、ジャンヴィエ」

「なにかやっておくべきことがあれば？」

今すぐ、ジャニーヌ・アルムニューに話を聞くのは無理だろう。サントニ夫人になって、フィレンツェでハネムーンの真っ最中だから。

「おれは今夜、ニースからの電話を待つ」

埋めねばならない空白が、まだいくつも残っている。

若い女を殺してヴァンティミユ広場に運んだ人間が、どこかにいるのだ。

6　ここでは奇妙な父親と、メグレのためらいが語られる

　メグレ夫人は夕食のとき、むかいの部屋の娘が初めて歯医者に行った話をした。その娘《こ》が言うことには……えっ、何を言ったって？　メグレは妻の話をぼんやり聞き流していたことに気づかないまま、じっと彼女を見つめていた。妻は心地よい音楽のように流れる声を途切れさせ、こうたずねた。

「ねえ、おかしくない？」

「そりゃ、たしかにおかしいな」

　こんなふうにふと放心することが、ときおりメグレにはあった。大きな目でじっと相手を見つめているので、彼を知らない人々は、まさか自分がただの壁か背景になっているとは思わないが。

　メグレ夫人は話を切りあげ、洗い物を始めた。そのあいだに、メグレは肘掛け椅子にすわって新聞を広げた。洗い物が終わると、アパルトマンは静まり返った。新聞をがさごそ

めくる音が、ときおり聞こえるだけ。それに二度ほど、外で雨が降り出す音もした。

十時ごろ、メグレ夫人は夫が丹念に新聞をたたむのを見て、もう寝る時間だと思った。ところがメグレは雑誌の山から一冊抜き取り、読み始めた。そこで妻も傍らで縫物を続けた。間が持たなくなると、彼女はふと思い出したように、ありふれた世間話をした。返事があろうがなかろうが、それはどうでもいい。たとえ夫がぶつぶつ言うだけでも、ほっと気が和んだ。

上階の住人がラジオを消し、床に就いた。

「何か待ってるの？」

「電話が来るはずなんだ」

フェレはルイーズの母親がモンテ＝カルロから戻って来次第、もう一度話を聞くと言っていた。別の仕事で忙しいのかもしれない。花合戦の前日だから、むこうもいろいろ手がふさがっているのだろう。

メグレ夫人はしばらくすると、ページをめくる夫の手がとまっているのに気づいた。まだ目はあけている。彼女は長いこと待ってから、こう言ってみた。

「ともかく、もう寝ましょうよ」

もう十一時すぎだ。メグレはあきらめて電話機を寝室に運び、線をつないでナイトテーブルに置いた。

二人は着替えて順番に洗面所を使い、毎日の細々《こまごま》とした習慣をこなした。メグレは横になると明かりを消し、妻のほうをむいてキスをした。

「おやすみ」

「おやすみなさい。眠ったほうがいいわよ」

メグレはまだ、ルイーズ・ラボワーヌのことを考えていた。ほかにも無名の脇役だった人々が、次々にあらわれあとを追ってくる。けれどさっきと違うのは、彼らがぼんやりとしたグロテスクな影になっている点だ。そして最後には、みんなでたらめな役を演じながらもつれ合った。

なるほど、おれはチェスをしているのか、とメグレは思った。けれども対戦は長いこと続いていたので、疲れきって駒の区別がよくつかない。クイーンとキングや、ビショップとナイトを見間違えたり、ルークの置き場所がわからなくなったりした。困ったぞ、局長が見ているのに。これは司法警察局《ケ・デ・ゾルフェーヴル》にとって、大事な一戦だ。対戦相手はロニョンにほかならない。あいつめ、皮肉っぽい笑みを浮かべて、チェックメイトの機会をうかがっている。

そんな事態になってはならない。司法警察局の威信がかかっているのだ。だからこそみんなうしろから、メグレを見守っている。リュカ、ジャンヴィエ、ラポワント、トランス。見分けはつかないが、ほかにもたくさんいた。

「なにをこそこそ話しているんだ」とロニョンが、警視のすぐ脇にいる男に言った。「そんなことをしても無駄だぞ」

ロニョンはひとりきりで戦っている。それでもし彼が勝ったら、みんなは何と言うだろう?

「内緒話なら、いくらでもするがいいさ。でも、インチキだけはやめろよ」

どうしてロニョンは、おれがインチキをするつもりだと思うのだろう? そんなことを、いつもしているって? これまでおれは、インチキなんかしただろうか?

ともかくクイーンを見つけなければ。それが勝負の鍵をにぎっている。なんとか切り抜けよう。ボードの升目をひとつずつ、確かめていけばいい。クイーンはとられていないはずだ。

電話のベルが鳴った。メグレは手を伸ばしたが、電灯のスイッチを見つけるのに少し手間取った。

「ニースからお電話です」

目覚まし時計は午前一時十分をさしている。

「もしもし、警視ですか？」

「ちょっと待ってくれ、フェレ」

「すみません。もうお休みでしたよね」

「いや、いいんだ」

メグレは水をひと口飲んだ。ナイトテーブルに置いたパイプにはまだ葉が詰まっていたので、彼はそのまま火をつけた。

「さあ、いいぞ。話してくれ」

「どうすべきか、わからなくて。事件のことは新聞で読んだだけですから。何が重要で何がそうでないか、判断がつけられません」

「母親のラボワーヌには会ったんだろ？」

「ええ、たった今。彼女がモンテ＝カルロから戻ったのは、十一時半でした。わたしは家まで行きました。寄宿舎みたいなところで、暮らしているのは彼女のようなイカレた婆さんばかりらしいんです。不思議なのは、それがほとんどみんな元女優だってことで。サーカスの曲芸師だったっていう女もいました。本人の弁を信じるなら、家主はかつてオペラ座で歌っていたとか。なかの雰囲気が、これまたいわく言い難くて。わたしが行ったときはもう夜中だったのに、床に就いているものなんか誰もいません。カジノに行かない女たちは、夜になるとサロンでトランプに興じるんです。並んでいる家具や調度品はみんな、一世紀は遡ろうかという時代物ばかりで。グレヴァン蠟人形館にでも迷いこんだ気分でしたよ。すみません、話がまわりくどくて」

「いや、かまわん」

「ひととおりお伝えしたほうがいいと思って。警視はご自分で判断したいでしょうから。でも、こちらへは来られないので……」

「いいから、続けろ」

「まず、彼女の出自がわかりました。父親はオート＝ロワール県の村で、小学校の先生をしていました。彼女は十八歳のときにパリにやって来て、シャトレ座で端役をやっていました。『八十日間世界一周』だか『皇帝の密使ミハイル・ストロゴフ』だかで、ダンスステップを披露したこともあるそうです。そのあと彼女はフォリー＝ベルジェール劇場に移り、やがて一座とともに、南アメリカ巡業に出かけ、数年をかの地ですごしました。正確な日付を聞き出すことは、できませんでしたが。自分で何を言っているのか、しょっちゅうわからなくなるんです。

聞こえてますか？　やっぱりクスリをやってるのかって、思うほどでしたよ。よくよく見れば、そうではないとわかりましたが。要するに頭が鈍いのか、あるいはちょっと変わり者なのかも」

「結婚したことはないのか？」

「そこなんですがね。彼女は三十歳のころ、東欧のキャバレーで働き始めました。戦争前のことで、ブカレストやソフィア、アレクサンドリアを転々とし、カイロで何年間かすごしたあと、エチオピアまで行ったのだとか。

そんな話をひとつひとつ、聞き出していかねばなりませんでした。彼女は肘掛け椅子にすわりこみ、腫れた脚をさすっていました。そしていきなり、コルセットをはずしていいかなんてたずねるんです。つまり……」

メグレはそれを聞いて、ジャニーヌの叔母のマドモワゼル・ポレを思い出した。彼女もひとりで、いつまでもしゃべり続けていた。

メグレ夫人が片目をあけ、夫を見つめている。

「彼女は三十八歳のとき、イスタンブールでファン・クラムという男と出会いました」

「名前をもう一度言ってくれ」

「ユリウス・ファン・クラム、オランダ人でしょう。彼女の話によると、見かけはとても紳士的で、ペラパレス・ホテルに暮らしていたそうです」

メグレは眉をひそめた。たしかその名前には、聞き覚えがある。いったい何者だったか、彼は必死に思い出そうとした。

「ファン・クラムの歳はわかるか？」

「彼女よりずっと年上でした。当時、五十を超えていたはずです。だとすれば、今は七十近いでしょうが」

「死んだのか？」

「それはわかりません。待ってください。言い忘れがないように、順番に話しますから。彼女は当時の写真を見せてくれました。たしかに、まだ美人でしたね。歳は行ってますが、いい具合に成熟した感じで」

「ファン・クラムは何をしていたんだ？」

「そんなことどうでもいいって、ラボワーヌは思っているようです。ファン・クラムは数カ国語を流暢に話しました。特に英語、フランス語、それにドイツ語も。大使館のパーティーにもよく顔を出していました。やがて彼はラボワーヌと恋に落ち、二人はしばらくいっしょに暮らしました」

「ペラパレス・ホテルで？」

「いいえ、彼はホテルの近くにアパルトマンを借りました。曖昧な話ばかりじゃないかって、言わないでくださいよ、警視。これだけ聞き出すのだって、ひと苦労だったんですから。話がぽんぽん飛ぶんです。あちこちのキャバレーで知り合った女のこととか、自分の身の上話とか。しまいには、《どうせわたしを悪い母親だと思っているんでしょう？》なんてうめき始めて。そして小さなグラスに、リキュールを一杯出してくれました。クスリはやっていないにせよ、酒びたりなのは間違いないでしょうね。《カジノへ行く前は、けっして飲まないわ》と彼女は言ってました。《賭けているあいだも。勝負がすんだら、緊張をほぐすために一杯やるけど》

彼女が言うには、人間のあらゆる活動のなかで、賭博はもっとも疲れるものなんだそうです。

ファン・クラムの話に戻りましょう。数カ月後、ラボワーヌは妊娠していることに気づきました。初めてのことなので、信じられない思いでした。彼女はファン・クラムに打ち明けました。始末するように言われるだろうと思っていました」

「彼女はそのつもりだったのか？」

「自分でも、よくわからないようです。妊娠のことは、運命が仕掛けた悪ふざけみたいに話すだけで。《それまで何万回妊娠してもおかしくなかったのに、三十八すぎになって子供ができたのよ！》なんて。ファン・クラムは平然としていました。そして数週間後、彼は結婚しようと言いました」

「結婚はどこで？」

「イスタンブールです。そのせいで、のちのち面倒なことになるのですが。ともかく彼女は、ファン・クラムを心から愛していたのでしょう。どこかよくわからない事務所に連れていかれ、書類にサインして宣誓をしました。これで結婚したのだと彼が断言するのだから、信じるほかありません。数日後、ファン・クラムはフランスで暮らそうと言いました」

「二人で？」

「そうです。彼らはイタリアの船に乗り、マルセイユへむかいました」

「そのとき彼女は、ファン・クラム姓のパスポートを持っていたわけだな？」

「いえ。わたしもたずねてみたんですが、パスポートを書きかえる時間がなかったとかで。二人はマルセイユで二週間暮らし、ニースに移りました。そこで娘が生まれたんです……」

「ホテル暮らしだったのか？」

「《イギリス人通り》の近くに、まずまず快適なアパルトマンを借りました。二カ月後、ファン・クラムは煙草を買いに出たまま、戻りませんでした。それ以来、会っていないそうです」

「連絡は？」

「何度も手紙が届きました。場所はロンドン、コペンハーゲン、ニューヨークと、世界中あちこちから。そのたび、いくらかお金も送ってきました」

「大金を？」

「大金のこともあれば、ほんの少しのこともありました。どうしているのか知らせてくれと、彼は言ってきました。とりわけ、娘のようすが知りたいと」

「それで彼女は返事を書いたのか？」

「ええ」

「局留めで出したんだろうな」

「そうです。ラボワーヌが賭博にはまり出したのは、そのころからです。娘は大きくなって、学校に通い始めました」

「娘は父親に、一度も会ったことがないんだな？」

「父親が家を出たのは、娘が生まれてまだ二カ月のときですからね。それ以来、フランスには戻っていません。少なくとも、ラボワーヌが知る限りでは。いちばん最近、小切手を送ってきたのは一年前で、かなりの金額だったとか。でも彼女は、ひと晩で使ってしまいました」

「ファン・クラムは、娘がどこにいるのかたずねたんだな？　ニースを出てパリに行ったことは、知っていたんだろ？」

「ええ。ただ、母親も娘の住所は知りませんでした」

「それで全部か？」

「だいたいのところは。彼女は夫がなにをして稼いでいるのか、わからないそうです。嘘ではなさそうですね……そうそう、大事なことを忘れていました。ラボワーヌは数年前、身分証を更新せねばならず、ファン・クラム姓で作ることにしました。婚姻証明書を求められ、持っていた唯一の書類を見せました。トルコで作った書類です。でも書類は無効で、彼女は結婚したことになっていないと言われたそうなんです」

「ショックだったろうな」

「いえ、彼女はなにがあったって、ショックなんか受けやしませんよ。黒に賭けているとき、続けて十二回も赤の目が出続ければ別ですが。彼女の話を聞いていると、なんだか現実味が感じられないんです。われわれと同じ世界に生きている人間じゃないっていうか。娘のことを伝えたときだって顔色ひとつ変えず、ただこう言っただけです。《あんまり苦しまなかったならいいけれど》って」

「もうそろそろ、寝るんだろ？」

「とんでもない。これからジュアン＝レ＝パンに飛んでいかねば。カジノで詐欺師をひとり、捕まえたところなんで……もう、ご用はありませんか、警視？」

「とりあえずは。ちょっと待った。ラボワーヌに夫の写真を見せてもらったのか？」

「わたしも頼んでみました。前に一枚だけ、内緒でこっそり撮ったそうです。ファン・クラムは写真嫌いだったので。でも、娘がパリに発つときに持っていったらしく、手もとにはありませんでした」

「ご苦労だった」

メグレは電話を切ると、横になって枕に頭を置く代わりに、立ちあがってパイプに葉を詰めなおした。

そう言えばクレミュー夫人は、下宿人が財布にしまっていた写真の話をしていた。けれどもメグレは、殺された若い女のほうに気が行って、写真のことは見すごしていた。

彼は裸足にスリッパを履き、パジャマ姿で立っていた。メグレ夫人はなにもたずねないことにした。あんな夢を見たからだろうか、彼はロニョンのことを考えていた。さっきは別れ際に軽い気持ちで、《こっちもきみに連絡を取るようにするから》なんて言ってしまったが。

ユリウス・ファン・クラムの存在で、捜査の流れが変わるかもしれない。

「やつには明日の朝、電話すればいい」とメグレは小声でつぶやいた。

「なにか言った?」

「なんでもない。ひとり言だ」

それでもメグレは、コンスタンタン＝ピクール広場に住んでいる《不愛想な刑事》の電話番号を捜した。今すぐ連絡しておけば、文句はないはずだ。

「もしもし、ご主人とお話ししたいのですが。すみません、起こしてしまって。でも……」

「寝てませんでした。夜は一、二時間以上、眠れないんです」

いかにもロニョン夫人らしいな。とげとげしくて、愚痴っぽくて。

「こちら、メグレ警視です」

「声でわかりました」

「ご主人にお話が」

「てっきり警視さんとごいっしょだろうと。警視さんの仕事を手伝っていると、主人は言っていましたから」

「何時ごろに出かけましたか?」

「夕食のあとすぐに。大急ぎで食べ終えると、出て行きました。今夜は戻らないだろうって」

「どこに行くのか、話しませんでしたか？」

「そういう話は、いっさいしないんです」

「わかりました。どうも」

「警視さんの仕事を手伝っているというのは、本当じゃないんですか？」

「もちろん、本当ですよ」

「だったら主人がどうしているのか、なぜご存じじゃないんです？」

「どこで何をしているのか、逐一把握しているとは限りませんから」

ロニョン夫人は納得していないようだった。メグレが夫を庇うために嘘をついているのだと疑い、さらになにかたずねようとしているのだろう。メグレはその前にさっさと電話を切った。続いて第二地区の警察署に電話すると、ルダンと名のる当直係が出た。

「ロニョン警部はいるかね？」

「当直室にはやって来ませんでしたが」

「そうか。もしあらわれたら、おれの家に電話するよう言ってくれ」

「わかりました、メグレ警視」

メグレは嫌な予感がした。夢で見たのと、ちょっと似た感覚だった。ロニョンがなんの指示もなしに外をうろつきまわっていると知って、にわかに不安になってきた。ナイトクラブを調べたり、タクシー運転手にたずねたりする必要は、もうないはずだ。《ロメオ》を嗅ぎまわっても、これ以上なにも出てこないだろう。

なのにロニョンは一晩じゅう、追跡を続けている。なんらかの手がかりを見つけたということか？

メグレは同僚を妬んだりする男ではない。ましてや、部下の刑事たちならなおさらだ。事件が無事解決したときは、ほとんどいつも手柄は部下に譲っている。彼が記者会見をすることも、めったになかった。午後、信頼できる新聞記者を集めて司法警察局で行う会見も、リュカに任せていた。

なのに今は、むしょうに腹が立った。というのも夢で見たチェスの試合と同じように、ロニョンがひとりで事件に立ちむかっているからだ。メグレには、司法警察局が組織がかりでついている。いざとなれば機動隊はもちろん、警察機構全体に頼ることができるのに。そんなことを思うなんてと、彼は顔を赤らめた。ともかく着替えて、司法警察局にむかおう。やるべき仕事が、待っている。ルイーズ・ラボワーヌが母親から盗んで、大事にとっておいた写真の主が誰か、わかったのだから。

メグレ夫人は夫が食堂に行くのを見た。メグレは戸棚をあけ、小さなグラスにリンボク酒を注いだ。

「もうひと眠りするつもりなの？」

もちろん、家でぐずぐずしているべきじゃない。それは自分でもよくわかっている。けれどもそうしなかったのは、ロニョンにチャンスを与えるため、つまらない思いにとらわれた自分を罰するためだった。

「なんだか、大変そうな事件ね」

「とても込み入ってるんだ」

それに奇妙な事件だった。これまでメグレは犯人より、被害者のことばかり考えていたのだから。捜査ももっぱら、殺された女にむけられていた。今、ようやく、彼女のことが少しわかってきた。殺したのは誰なのかを探る段階に入ったようだ。

ロニョンは何をしているのだろう？　メグレは窓辺に歩みより、外を眺めた。静かな空に、満月がかかっている。雨はもう降っておらず、屋根が輝いていた。

メグレはパイプの灰を空《から》にして、ごろりと横になり妻にキスをした。

「いつもどおりの時間に起こしてくれ」

今度は夢も見ないで眠れた。ベッドに腰かけたままコーヒーを飲んでいるときは、太陽が出ていた。ロニョンは電話をしてこない。つまり警察署にも寄っていなければ、家にも帰っていないということか。

司法警察局に着いて報告会議に出席したものの、会話には加わらなかった。会議が終わるとすぐに、上階の犯罪記録保管所にむかった。そこには裁判沙汰になった連中の記録が、大きな棚にびっしりと並んでいる。係員は倉庫係のような灰色の作業服を着ていて、公立図書館のような古い紙の匂いが漂っていた。

「ファン・クラムという名の男について、なにか記録があるか調べてくれないか。ユリウス・ファン・クラムだ」

「最近のものでしょうか？」

「二十年か、もっと以前だろう」

「少々お待ちを」

メグレは腰かけた。十分ほどして、係員がファン・クラムの名が記されたファイルを持ってきた。けれどそれは、パリのグルネル通りにある保険会社の従業員ジョゼフ・ファン・クラムの記録だった。彼は二年前、文書偽造の罪で有罪判決を受けたが、当時はまだ二十八歳だった。

「ほかにファン・クラムはなかったか？」

「ファン・クラムというのがあっただけです。綴りはCでなくKで、mが二つです。それに二十四年前に、ケルンで死亡していますし」

下の階の記録庫には有罪判決を受けた者だけではなく、そのときどき、警察が調べたあらゆる人物の記録が保存してあった。保険会社社員のファン・クラムや、ケルンのフォン・クラムの書類はそこにもあった。

そちらの記録庫で国際的な詐欺犯のリストを調べ、近東で暮らしたことのない者、年齢がラボワーヌの夫と合わない者を除外すると、メグレの手もとに残ったのはいくつかのファイルだけだった。なかのひとつに、次のような記述があった。

《ハンス・ジーグラー、別名エルンスト・マレク、別名ジョン・ドンリー、別名ジョーイ・ホーガン、別名ジャン・ランク（本名、および出身地は不明）。特殊詐欺を専門とする。フランス語、英語、ドイツ語、オランダ語、イタリア語、スペイン語を流暢に話す。ポーランド語も少々》

三十年前、プラハの警察は、共犯者とともに大金を不正に入手したハンス・ジーグラーなる男の写真を世界各国に送った。ハンス・ジーグラーは自称ミュンヘン生まれで、当時はブロンドの口ひげを生やしていた。

やがて同じ男が、サンフランシスコ生まれのジョン・ドンリーとしてロンドンにあらわれた。コペンハーゲンで捕まったときの名は、エルンスト・マレクだった。さらにほかの場所にも、ジョーイ・ホーガン、ジュール・スティーブ、カール・スパングラーの名で姿をあらわした。

彼の外見は、年とともに変化した。初めはがっちりした骨格だが、痩せて長身の男だった。それが徐々に肉づきがよくなり、そのぶん貫禄も出てきた。

彼は押し出しがよく、服装にも気を遣っていた。パリではシャンゼリゼ通り近くの高級ホテルに、ロンドンではサヴォイ・ホテルに投宿した。どこの町でも上流社会に出入りし、どこの町でもやることは同じだった。ずっと昔から、先人たちが作りあげた手口だが、彼はそれを巧みに応用した。

彼は二人組で仕事をしたが、相方についてはなにもわからない。彼よりも若くて、中央ヨーロッパ訛りがあるということだけで。

彼らは洒落たバーで獲物に目をつける。金持ちで、できれば地方の工場主か商人がいい。獲物と何杯かグラスを交わしたあと、ランクだかジュール・スティーブだかジョン・ドンリーだかは（名前はそのとき次第だが）、この国に知り合いがいないとこぼし始める。《信頼できる人間を、ぜひとも見つけねばなりません》と彼は言う。《大事な任務をまかされているのですが、なかなか荷が重くて。どうすればうまく遂行できるものやら、思案に暮れているんです。騙されやしないかと、心配ですしね》
続きはいろいろだが、基本は常に同じ。大金持ちの老婦人（ヨーロッパでやるなら、アメリカ人にしておくといいのだが）から、有力者たち何人かに配るようにと膨大な資金を託されてきた。お金は現金で、うえの部屋に置いてある。けれども知らない国で、どうやって有利な投資先を見つけたらいいのか？
《そうそう、老婦人は言ってました。お金の一部、例えば三分の一か四分の一は、経費にまわしてかまわないと》
それを聞いて新たな友人は――《友人と見こんで頼むんです。正直なお方だとお見受けしました》――助力を申し出るだろう。もちろん経費にまわす三分の一は、山分けをするという約束で。それだけでも、かなりの金額になるはずだ。
《けれどこちらも、用心しないわけにはいきません。担保と言いますか、いくらか保証金を銀行に預けてもらわないと。誠意を示すということで……》
《ちょっとここで、待っていてください……いや、それより部屋にいらしてもらったほうがいい》
すると札束が待っている。鞄いっぱいに詰めこまれて。

《これを持っていきましょう。途中、あなたの銀行に寄り、少しばかり引き出してもらい……》

おろす金額は、国によって変わる。

《それはいったん全額、わたしの口座に預けますが、鞄のほうはあなたに渡します。あなたはご自分の取り分を抜いたあと、中身を配っていただければ……》

タクシーに乗ると、札束の詰まった鞄は二人のあいだに置いておく。そしてまず獲物の男が、保証金を引き出す。次にランクだかスティーブだかジーグラーだかは、自分の銀行(町の中心街にある大銀行だ)の前で、鞄を友人に預けて車を降りる。

《ちょっと待っていてください》

彼は獲物がおろしたお金を持って、足早になかに消える。獲物の男はもう二度と、彼に会うことはないだろう。そして鞄のなかの札束は、おもての一枚を除いてすべて新聞紙だったと気づくのである。

たとえ捕まっても、彼は詐欺の証拠になるようなものはなにも持っていない。騙しとったお金は、銀行の人ごみに紛れて相棒に手渡したあとだ。

デンマーク警察から送られた書類には、唯一こんな記述が添えられていた。

《未確認の情報によれば、彼はフローニンゲン生まれのオランダ人で、本名はユリウス・ファン・クラム。良家の息子で、二十二歳まで父親が重役をしていたアムステルダム銀行に勤めていた。当時から数カ国語に堪能で、高い教育を受け、アムステルダムのヨットクラブの常連だった。

彼は二年後に行方不明となった。さらにその数週間後、銀行の資金の一部が彼によって持ち去られていたことが判明した》

残念ながら、このファン・クラムの写真は手に入らなかった。指紋も記録には残っていない。

日付を突き合わせてみて、メグレはほかにも興味深いことに気づいた。大方の詐欺師や犯罪者と違い、彼が続けざまに犯行を繰り返すことはめったになかった。数週間、ときには数カ月かけて、じっくり次の犯行を準備する。狙うのはいつも大金だ。

そのあと、たいていは何年もたってから、地球の反対側に姿をあらわし、新たな犯行に着手するのだった。前と変わらない巧みで完璧な手口で。

つまり資金が減ってきたところで、次の仕事に取りかかるわけだ。いざというときのため、金はどこかに隠してあるのだろう。

最後の大仕事は六年前、メキシコで行われている。

「ちょっと来てくれ、リュカ」

リュカは机に山積みされたファイルを見て、びっくりした。

「電報を何通か打って欲しいんだ。その前に、まずはクリシー通りのクレミュー夫人宅に誰か行かせて、この男が下宿人のバッグにあった写真の人物と同じかどうかを確かめてくれ」

メグレは詐欺事件があった国々と、犯人が名のっていた名前のリストを手渡した。

「ニースのフェレにも電話しろ。もう一度ラボワーヌに会い、彼女が受け取った為替の日付と発行地を調べるようにと。控えが残っているか怪しいが、念のためということもある」

そこでメグレは、急に言葉を切った。

「ロニョンから連絡は？」

「電話してくるはずなんですか？」

「それはわからない。やつの家に電話してくれるか？」

ロニョン夫人が電話に出た。

「ご主人は帰ってますか？」

「いいえ。主人がどこにいるのか、まだわからないんですか？」

ロニョン夫人は心配そうだった。メグレも不安になり始めた。

「おそらく、尾行で町の外まで行っているのでしょう」彼はそう言って、夫人を安心させようとした。

尾行などという言葉を出したせいで、ロニョン夫人の泣き言をさんざん聞かされるはめになった。いつだって夫は労多くして功少ない、危険な任務にまわされると、彼女は不満を並べた。

ロニョンが面倒ごとに巻きこまれるのは、いつも指示に反して独断で動きまわるからだと、彼女に言えるだろうか。

彼は快挙をなしとげたいと願っている。功を焦るあまり、やみくもに突き進むだけなのだ。そうすれば自分の真価が認められると思いこんで。

彼の真価、それはみんなも認めている。わかっていないのは彼だけだ。

メグレは第二地区の警察署に電話したが、やはり《不愛想な刑事》からは連絡が入っていなかった。

「あたりで彼を見かけたものは、誰もいないのか？」

「ええ、聞いてませんね」

リュカはクリシー通りに刑事をひとり送り、電報を打った。ジャンヴィエはドアのあたりに立ち、メグレが電話を切って指示を出すのを待っている。

「プリオレ警視がさっき、会いにいらしたんですが、お留守だったので」

「うえで調べものをしていたんだ」

メグレはプリオレの部屋に行った。プリオレは麻薬の売人を訊問中だった。尖った鼻をして、目のまわりが赤っぽい男だった。

「きみに役立つかどうか。ほかからもう、聞いてるんじゃないか。今朝、わかったんだが、ジャニーヌ・アルムニューは長いこと、ポンティウ通りのアパルトマンに住んでいたそうだ」

「番地は」

「そこまではわからないが、ベリ通りの近くだ。一階がバーで」

「ありがとう。サントニについては、なにも?」

「ああ、やつはまっさらってとこだな。フィレンツェで愛の日々を送ってるさ」

部屋に戻るとジャンヴィエが待っていた。

「帽子とコートを取ってこい」

「どこへ行くんですか?」

「ポンティウ通りだ」

殺された女について、なにかもう少しわかるだろう。メグレの関心は、まだ彼女にあった。いっぽうロニョンも、大役を演じ始めたらしい。けれども困ったことに、それがどんな役なのか、皆目見当がつかなかった。

「《過ぎたるは及ばざるがごとし》っていうのは至言だな」と警視は、オーバーを着ながらつぶやいた。

《不愛想な刑事》はまだ、家から家へと町をさまよっていることだろう。昨晩、五時の時点で判断する限り——ロニョンが相手では、何事も予断を許さないのだが——彼はまだなんの手がかりもつかんでいなかった。

そのあとやつは家に帰って夕食をとり、すぐにまた出て行った。

メグレは出かける前に、刑事の詰め所に顔を出した。

「誰か、駅に端から電話して、ロニョンが列車に乗らなかったか確かめてくれ」

もしかしたら、誰かを追って町を出たかもしれない。ありうることだ。だとすると、司法警察局にも第二地区の警察署にも、電話している余裕がなかったかも。

だとすると、やつはほかのみんなが知らない手がかりをつかんだことになる。

「行きますか、警視」

「行こう」

メグレは一杯やっていこうと、ドーフィーヌ広場で車をとめさせた。まだむっつり顔が続いている。

なにもロニョンに嫉妬しているわけではない。やつがルイーズ・ラボワーヌ殺しの犯人を見つけたなら、けっこうなことだ。見事、逮捕したならば、拍手喝采してやろう。けれどみんなと同じように、連絡くらいできたろうに。

7　賭けに出た刑事と、運命に出会う若い女

ジャンヴィエが建物に入って確かめているあいだ、メグレは両手をポケットにつっこみ、歩道の端にたたずんでいた。ポンティウ通りはシャンゼリゼ通りの舞台裏というか、裏階段みたいなところだ。パリの幹線道路にはたいてい、それと並行して走る狭くてにぎやかな通りがあるものだ。そこには小さなバーや食料品店、運転手むけのレストラン、安ホテル、理髪店、職人の店が並んでいる。

メグレは目の前のワイン・バーをのぞいてみたくなった。よほどそうしようかと思いかけたところに、ジャンヴィエが戻ってきた。

「ここで間違いありません、警視」

一発目であたりを引くことができた。パリのアパルトマンはたいていそうなのだが、管理人室は薄暗かった。けれども管理人の女は若くて、魅力的だった。ニスを塗った木製のベビーサークルで、赤ん坊が元気に跳ねまわっている。

「お二人も警察の方なんですか？」

「お二人も、というと？」

「昨日の晩も、警察の方がおひとり、いらしたものですから。そろそろ寝るところだったんですけど。小柄で、とっても悲しげだったので、風邪をひいているんだとわからないうちは、てっきり奥さんでも亡くされて、泣いているのかと思ったくらいです」

《不愛想な刑事》のそんな描写を聞いて、思わず笑わずにはおれなかった。

「それは何時でした？」

「十時ごろでしょうか。わたしはついたての陰で着替えをしていたので、ちょっと待ってもらいました。あなたがたも、同じ用件でいらしたんですか？」

「彼はアルムニューさんのことをたずねたかと」

「それと彼女の友だちについても。ええ、殺されたっていう」

「新聞に載った写真で、わかったんですね？」

「ええ、そうらしいと思いました」

「彼女もここに住んでいたんですか？」

「まあ、おかけください。お昼のしたくを続けながらでいいですか？　赤ちゃんに食べさせないといけないんで。暑いようなら、遠慮なくコートを脱いでくださいね」

管理人は、自分のほうから質問した。

「昨日の刑事さんとは、部署が違うんですか。わたしったら、どうしてそんなことたずねてるのかしら。どちらでもいいことなのに。同僚の方にもお話ししたように、部屋を借りている名義人、つまり正式な借主はアルムニューさんのほうです。わたしはジャニーヌって呼んでいましたけど。もう結婚しましたが。新聞に書いてありました。ご存じでしょ？」

メグレはうなずいた。

「アルムニューさんはここに、長いこと住んでいたんですか？」

「約二年ほど。住み始めた当初はまだ幼い感じで、わたしにいろいろ相談しに来たものです」

「仕事はしていたんですか？」

「当時は、ここからあまり遠くない会社で、タイピストをしていました。会社名はわかりませんが。借りていたのは、四階の小さな部屋です。中庭に面していますが、きれいな部屋ですよ」

「友だちもいっしょに住んでいたんですね？」

「ええ。ただ、さっきも言ったように、家賃を払っているのはジャニーヌのほうで、契約

ろう。

管理人は立て板に水だった。昨日も同じ話をしたばかりなので、考えるまでもないのだ

「何をお知りになりたいのか、わかってますとも。あの二人は、半年ほど前に引っ越しました。正確に言うと、まず最初にジャニーヌのほうが出て行ったのですが」

「でも部屋は、彼女の名義で借りていたんですよね？」

「ええ、月末近くで、残りはあと三、四日でした。ある晩、ジャニーヌがやって来て、ちょうど今、あなたが腰かけている椅子にすわってこう言ったんです。

《もう我慢できません、マルセルさん。今度こそ、きっぱり終わりにするわ》って」

メグレはたずねた。

「終わりにするって、何を？」

「もうひとりの娘、友だちのルイーズとの関係ですよ」

「二人の関係は、こじれていたと？」

「そこなんですよ。うまく説明できるといいんですが。ルイーズはここに寄って、おしゃべりしていくことなんかぜんぜんなくて。だからジャニーヌから聞く以外、彼女のことはほとんどなにも知らないんです。だから、一方的な見解ってことですが。初めは姉妹かい

とこ同士か、幼馴染なんだろうと思ってました。でもジャニーヌの話では、ほんの二、三カ月前に列車のなかで出会っただけだっていうじゃないですか」

「二人は仲がよくなかったとか？」

「いいような、悪いような。微妙な感じですね。あの年ごろの女の子たちは、たくさん見てきました。今も《リド》の踊り子《こ》が二人、ホテル・クラリッジのマニキュア係がひとりいます。ほとんどの娘はなにくれとなく話してくれます。入居して数日すると、ジャニーヌも同じようにし始めました。でも、もうひとりのルイーズは、自分のことをけっして語ろうとしませんでした。気位が高いんだろうと、ずっと思ってました。でももしかしたら、内気なのかもしれないと考えるようになりました。今でもそんな気がしています。

ああした女の子たちはパリにやって来ると、何百万人もの人々に埋めつくされたような気がして、虚勢を張って声高に話すか、自分の殻に閉じこもってしまうかするものなんです。

ジャニーヌはむしろ前者のほうです。恐れ知らずって言うか、ほとんど毎晩出歩いてました。何週間かすると、帰りは夜中の二時、三時になり、服装も垢抜けしてきました。ここに来て三カ月もすると、夜中に男連れで部屋にあがる音が聞こえるようになりました。

わたしには関係ありませんけど。彼女にとって、ここは自分の家なんですから。別にペンションをやってるわけではありません」

「二人は別々の部屋を使っていたんだろうか？」

「ええ。でもルイーズには、ぜんぶまる聞こえだったでしょうね。男が帰るまでは洗面所を使ったり、キッチンに行ったりできなかったはずです」

「それが喧嘩の原因だと？」

「はっきりとはわかりません。二年間のうちには、いろんなことがありましたから。ここには二十二人が暮らしていますが、まさかそのうちのひとりが殺されるなんて、思いもよりませんでしたよ」

「おたくのご主人は何を？」

「テルヌ広場のレストランで、給仕長をしています。かまわなければ、赤ちゃんに食べ物をあげたいんですが」

管理人は赤ん坊を椅子にすわらせ、ひと口ずつ食べさせ始めたが、そのあいだにも話はとぎれなかった。

「この話は昨日もみんな、同僚の方にしたんです。せっせとメモも取ってました。わたしが思うにジャニーヌは、自分が欲しいものをちゃんと心得、なんとしてでも手に入れようと心に決めていたんでしょう。だから出かける相手も、吟味していました。迎えに来る男たちはほとんど、車を持っていましたし。朝、ごみバケツを出しに行くと、ドアの前にとまっていましたから。若い男ばかりとは限りませんが、年寄りというわけでもありません。ただはっきりと言っておきたいのは、彼女が男とつき合うのは、必ずしも楽しみのためだけではなかったということです。

わたしにあれこれたずねるときは、必ず意図があるんです。例えば自分が知らないレストランで待ち合わせをすると、それが洒落た店かどうか、どんな服を着ていけばいいかを知りたがりました。こうして彼女は半年もすると、パリを自分の庭みたいに知り尽くしました」

「友だちといっしょに出かけることは、まったくなかったと？」

「映画に行くときくらいですかね」

「ルイーズは夜、何をしていました？」

「たいていは部屋にこもっていました。ときおり、散歩に出かけていましたが、あまり遠くまでは行きませんでした。まるで怖がっているみたいで。二人はほとんど同い年でしたが、ジャニーヌと比べると、ルイーズはずっと幼い感じでした。それがジャニーヌの神経を逆なでしたんでしょう。一度なんか、こんなふうに言ってました。

《あんな子とおしゃべりなんかしないで、列車のなかで眠っていればよかったわ》って。

けれど最初は彼女も、話し相手がいてよかったんだと思います。あなたもお気づきでしょうが、パリに幸運を求めてやって来る若い女の子っていうのは、たいてい二人連れなんです。

やがて二人は少しずつ、いがみ合い始めます。ただルイーズがなかなかパリに馴染めず、仕事もひとところで数週間と続かなかったせいで、ジャニーヌともすぐにこじれてしまったんでしょう。

彼女はきちんとした教育を受けていないようでした。綴りの間違いも多かったせいで、会社の事務員は務まりませんでした。どこかで店員の仕事に就いても、すぐに厄介事に見舞われます。店主や売り場の主任が言い寄ってきたりとか。

彼女は上手にいなすことができず、かっとなって平手打ちを食らわせてしまうか、外に飛び出してしまうかするんです。一度など、店で盗難事件があったとき、彼女が疑われたのだそうです。まったく身に覚えがないのに。

こうした話はみんな、ジャニーヌから聞いたことなんですけどね。ルイーズが仕事に行ってない時期があるのは、わたしもわかってました。いつもより遅く部屋を出て、求人広告で見た住所をまわっていたようです」

「二人は部屋で食事をしていたのですか？」

「ええ、たいていは。ジャニーヌが男友だちと外食するときを別にすれば。去年、二人は一週間、ドーヴィルですごしました。正確に言うと二人いっしょに出発したのですが、ルイーズのほうが先に帰ってきました。ジャニーヌは数日して、ようやく戻って来ました。何があったのかはわかりません。それからしばらく、二人はお互い口を利かないまま、同じアパルトマンに暮らし続けました」

「ルイーズに郵便物が届いたことは？」

「私信はまったくありませんでした。身寄りがないのかと思ったくらいです。ジャニーヌから聞いたところでは、南仏に母親がいるそうです。それがとんでもない女で、娘のことなど放りっぱなしなんだとか。求人広告に応募しているときは、ときおりレターヘッドのついた手紙が来てました。また不採用だったんだろうとわかりましたが」

「ジャニーヌのほうは？」

「二、三週間おきに、リヨンから手紙が来ていました。男やもめの父親からです。あとはもっぱら、デートの待ち合わせをする速達便ですね」

「ジャニーヌが友だちを厄介払いしたいと言い出したのは、ずいぶん前からですか」

「一年か、一年半くらい前から、そんな話をし始めました。でもたいていは喧嘩をしたときか、ルイーズが職をなくしたときですが。ジャニーヌはため息まじりに言ってました。

《父さんの家をようやく抜け出したと思ったら、あんなうすのろを背負いこんじゃって》と。でも一日、二日すると、ルイーズの顔を見てほっとしていたようです。そうですとも。夫婦みたいなものですよ。お二人とも、結婚はされているんでしょ？」

「しかし半年前、ジャニーヌ・アルムニューはここを出ると言ってきたんですね？」

「ええ、その少し前から、彼女はすっかり変わってしまいました。服装がぐっとよくなり、高価な品々を身につけてます。出入りする場所も、それまで行っていたところよりも数段うえでした。二、三日帰らないこともありました。お花や《マルキーズ・ド・セヴィニェ》のチョコレート・ボックスが届いたりしたので、ぴんときました。

そしてある晩、ここにやって来て椅子に腰かけ、こう告げました。

《今度こそ、はっきり決めました、マルセルさん。部屋に不満はないけれど、いつまでもずっとあの子と住んでいるわけにはいかないわ》

《まさか、ご結婚とか？》とわたしは冗談めかしてたずねました。

けれども彼女は笑いませんでした。ただ、こうつぶやいただけで。

《今すぐってわけではありません。でも日取りが決まったら、新聞に載ると思うわ》

そのときはすでに、サントニさんと知り合っていたんでしょう。彼女は自信たっぷりでした。口もとの笑みに、それがよくあらわれていました。

わたしはさらに冗談めかして、《結婚式には呼んでもらえるのかしら》と言いました。すると彼女は《招待できるかどうか、お約束はできないけれど、なにかすてきな品をお贈りします》と答えました」

「贈り物は届いたんですか」とメグレはたずねた。

「まだですが、たぶんそうしてくれるでしょう。ともかく彼女は目的を達成し、今はイタリアでハネムーンの真っ最中というわけです。あの晩に話を戻すと、ルイーズには黙って出ていくつもりだと彼女は言いました。捜しても見つからないよう、手はずを整える。《さもないと、あの子はまたわたしに頼ってくるから》って。

ジャニーヌは言ったとおりを実行しました。ルイーズが留守のあいだを狙って二つのスーツケースを運び出し、念には念を入れて、わたしにも次の住所を教えていきませんでした。《わたし宛ての郵便物が来てないか、ときどき寄ってみます》と言い残しただけで」

「じゃあ、そのあとも彼女に会ったんですね？」

「ええ、二、三回。部屋代が切れるまで、まだ何日かありました。最後の朝、ルイーズはわたしのところにやって来て、ここを出なければならないと言いました。正直、彼女がかわいそうでした。泣いてはいませんでしたが、話すとき、唇が震えていました。途方に暮れている感じが、伝わってきました。荷物は青い小さなスーツケースひとつ。どこに行くのかとたずねると、わからないと答えました。

《あと何日かここにいたければ、次の借り手が見つかるまで……》

《ありがとうございます。でも、そんなふうにしないほうが……》

そこがあの子らしいところなんでしょう。わたしは彼女がスーツケースを手に、歩道を遠ざかっていくのを見送りました。通りの角でふり返ったとき、よほど呼びとめてお金を少しあげようかと思ったくらいです」

「彼女もその後、あなたに会いにやって来たんですか？」

「来ることは来ましたが、わたしに会いにではありません。ジャニーヌの住所をたずねるためです。わたしは知らないと答えましたが、きっと信じていなかったでしょう」

「どうしてルイーズは、ジャニーヌに会おうとしたんでしょうね？」

「よりを戻したかったのか、お金をせびるためか。彼女の服装から見て、生活に困っているのは明らかでした」

「最後に来たのはいつですか？」

「一カ月ほど前です。読み終えたばかりの新聞が、まだテーブルに置きっぱなしになってました。それでつい、余計なことを言ってしまいました。

《どこに住んでいるのかはわからないけれど、新聞のゴシップ欄に彼女のことが出てるわよ》

嘘ではありません。そこには、こんなふうに書かれていました。

《ベルモット酒で知られるマルコ・サントニは、魅力的なファッションモデル、ジャニーヌ・アルムニューと夜ごとマキシムで夕食を》って」

メグレはジャンヴィィエに目をやった。彼もぴんときたようだ。一カ月前といえば、ルイーズ・ラボワーヌが一度目にドゥエ通りのイレーヌの店で、イブニングドレスを借りたころだ。それは友だちに会いに、マキシムへ行くためだったのでは？

「ルイーズはジャニーヌに会えたんでしょうかね？」

「会えませんでした。それから数日後、ジャニーヌが来たときに訊いてみたんです。すると彼女は、笑ってこう言いました。

《マキシムにはよく、夜食をとりに行くけど、毎晩じゃないわ。それに、あんなみすぼらしいルイーズが、なかに入れてもらえるとは思えないし》と」

メグレはたずねた。

「その話を、昨晩来た刑事にもしたんですか？」

「こんなに詳しくではなかったけれど。あとから思い出したこともありますから」

「ほかになにか、話しませんでしたか？」

今聞いた話のなかからロニョンがどんな手がかりをつかんだのか、メグレは見きわめようとした。昨晩十時、彼はこの管理人室にいた。そのあとの行方はまったくわからない。

「息子を寝かせるので、ちょっと失礼します」

管理人の女は赤ん坊の顔を拭き、テーブルのうえで着替えをさせると、抱きあげて奥の小部屋に入った。やさしくあやす声が聞こえる。

戻ってきたとき、女はさっきより心配そうなようすだった。

「あんなことになったのは、もしかしたらわたしのせいなのでは？　あの二人がもっと打ちとけてくれたら、ことは簡単だったのに。ジャニーヌがわたしに住所を教えなかったのは、無理もないでしょう。これ以上、友だちに迷惑をかけられたくなかったのだから。でもルイーズのほうは、居所を教えてくれてもよかったのに。

十日ほど前でしょうか、あるいはもう少し前だったかしら、男がひとりやって来て、ルイーズ・ラボワーヌという人がここにいるかとたずねました。いいえ、数カ月前に出ていったとわたしは答えました。彼女はまだパリに住んでいるけれど、今の住所は知らない。でも、ときどき訪ねてくると」

「どんな男でした？」

「外国人です。訛りから察するに、イギリス人かアメリカ人でしょう。あまり裕福そうではなく、身なりも粗末でした。小柄で、痩せていて、そう言えば昨日の刑事さんにちょっと似てましたね。どうしてだか、道化師を連想しました。

男はがっかりしたようでしたが、近々彼女に会えそうかと、まだしつこくたずねました。《明日になるか、一ヵ月後になるか》とわたしは答えました。

《来たら渡して欲しいのですが》

男はそう言うとテーブルの前に腰かけ、わたしから紙と封筒をもらって、鉛筆でなにか書き始めました。わたしはその手紙をレターボックスに入れ、それきりでした。

三日後、男がまたやって来たとき、手紙はまだそこにありました。男は前よりいっそうがっかりしたようすでした。

《いつまでも待っていられないんです》と彼は言いました。《ここを発たねばならないので》

大事なことなのかとわたしがたずねると、男はこう答えました。

《ええ、ルイーズさんにとっては、とても大事なことです》

彼は別の手紙を書きました。今度ははっきり意を決しなければならないとでもいうように、時間をかけて。そしてため息をつきながら、わたしに手渡しました」

「その男とは、それきり会っていないと?」

「翌日、もう一回だけ来ましたが。三日後の午後、ジャニーヌがやって来て、興奮気味にこう言いました。

《もうすぐ新聞に、わたしのことが載るわよ》

彼女は近所で買い物をしてきたところで、高級な店の小さな包みをいくつも抱えていました。

わたしはルイーズに渡す手紙のことを話しました。痩せた男が訪ねてきたのだと。

《彼女がどこにいるのか、わかるといいのだけれど……》

ジャニーヌは考えているようすでした。

《だったら、わたしに預ければいいわ。ルイーズのことだから、さっそく会いに来るから。新聞でわたしの居場所がわかったらすぐに……》

わたしは迷いました。でも、彼女の言うとおりでしょう」

「それで、ジャニーヌに手紙を渡したんですか?」

「はい、彼女は封筒を眺め、バッグにしまいました。そして帰りしな、こう言いました。

《近々、贈り物が届くわよ、マルセルさん》って」

メグレは黙ってうつむき、じっと床を見つめていた。

「昨晩の刑事に話したのも、それだけですか？」

「ええ、そうだったかと。ほかにつけ加えるべきこともありませんし」

「そのあと、ルイーズはやって来なかったんですね？」

「はい」

「じゃあ、自分宛ての手紙をジャニーヌが持っていることも、知らなかったでしょうね？」

「ええ、たぶん。ともかく、わたしの口から知らせる機会はありませんでした」

ほんの十五分で、メグレが思っていた以上の収穫があった。だが手がかりは、突然そこで途絶えてしまった。

メグレが考えていたのは、ルイーズ・ラボワーヌよりロニョンのことだった。まるで《不愛想な刑事》が、にわかに主役を演じ始めたかのように。

ロニョンはここに来て、同じ話を聞いた。

そしてぷっつり消息を絶った。

ほかの刑事なら、そんなことにはならないだろう。これはという手がかりをつかんだら、昨晩のうちにメグレに報告し、指示を仰ぐはずだ。けれども、ロニョンは違った。彼はひとりでどこまでも追い続けようとする。

「気がかりなことでも?」と管理人の女がたずねた。

「昨晩の刑事は、なにか言ってませんでしたか? 話を聞いて思ったこととか?」

「いいえ、ただ礼を言って出ていき、通りを右に曲がりました」

こっちも礼を言って、出ていくほかなさそうだ。メグレはジャンヴィエにたずねもせず、さっき目をつけておいたビストロに入ると、ペルノー酒を二杯頼み、自分のぶんを黙って飲んだ。

「第二地区に電話して、ロニョンの行方がつかめたか確かめてくれ。署のほうでなにもわからなかったら、自宅にもかけてみろ。司法警察局に連絡がなかったかも確認するんだ」

ジャンヴィエが電話ボックスから戻ってきたとき、メグレは二杯目のアペリティフをゆっくりと飲んでいた。

「どこにも、音沙汰なしです」

「考えられることはひとつだけ、やつはイタリアに電話したんだ」

「警視もそうするおつもりで?」

「ああ。部屋からかけたほうが、早くつながるだろう」

司法警察局に着いたときには、ほとんどみんな昼食に出ていた。メグレはフィレンツェのホテル・リストを用意させ、最上級のホテルをいくつか選んだ。三軒目にサントニが泊まっていた。新婚夫婦は三十分前にレストランへ昼食をとりに行き、部屋にはいなかった。ほどなくレストランで、二人をつかまえることができた。さいわい給仕長は以前、パリで働いていたので、少しフランス語がわかった。

「サントニ夫人に、電話に出てもらえるよう頼んでくれないか」

給仕長が取り継いでくれたものの、受話器のむこうから響いたのは居丈高な男の声だった。

「どういうことなのか、説明していただきたいな」

「そちらは?」

「マルコ・サントニだ。昨夜もパリ警察が至急話を聞きたいと言って、叩き起こされたのに、今日はレストランまで追いかけてくるとは」

「もうしわけありません、サントニさん。こちら、司法警察局のメグレ警視です」

「警察沙汰になるようなことを、妻がなにかしたとでも……」

「われわれが調べているのは、奥様のことではありません。ただお友だちのひとりが殺されたので……」

「昨晩の刑事もそう言っていたが、なにもこんなにしつこく……」

「奥様は手紙を預かっていたんです。その手紙が重要な手がかりに……」

「だからって、二度も電話してくる必要があるのか？　妻は知っていることをすべて、昨日の刑事に話したんだ」

「その刑事が行方知れずなので」

「やれやれ」

サントニの怒りは、少し収まったらしい。

「そういうことなら、妻を呼んできましょう。でも、これきりにしてくださいよ。それから、妻の名が新聞に出ないように頼みます」

ささやき声が聞こえた。ジャニーヌも夫といっしょに、電話ボックスにいたのだろう。

「もしもし」と彼女は言った。

「すみません、奥さん。なんの話かは、もうご存じですよね。ポンティウ通りの管理人から、ルイーズ宛ての手紙を預かっていたかと思いますが」

「余計なことをしたって、後悔しているわ」

「手紙はどうしました」

しばらく沈黙が続いた。メグレは通話が途切れたのかと思った。

「結婚披露宴の晩、ルイーズがあなたに会いに《ロメオ》へやって来たとき、手渡したんですか？」

「とんでもない。披露宴の晩に、手紙を持って歩いたりするわけないでしょ」

「ルイーズが来たのは、その手紙のためではないんですか？」

また、沈黙があった。ためらっているのだろう。

「いいえ、彼女はそんな手紙があることなど、知りもしなかったでしょうね」

「それじゃあ、何のために？」

「もちろん、お金を借りにです。一文無しで、部屋も追い出された。もう自殺するしかないんだって。こんなにはっきりは言いません。遠まわしにほのめかすだけで。ルイーズはいつだってそうなんです」

「それで、貸したんですか？」

「千フラン札を三、四枚。ちゃんと数えなかったけど」

「手紙の話もしたんですね？」

「しました」

「正確には何と言ったんです？」

「書いてあったとおりのことを」

「読んだんですか？」

「ええ」

さらにまた、沈黙が。

「信じてもらえるかしら。でも、好奇心からじゃないんです。そもそも封をあけたのは、わたしじゃありません。わたしのバッグにあったのを、夫が見つけて。事情を話しても、信じてくれませんでした。だからこう言ったんです。

《だったら、あけてみればいいわ。そうすればわかるから》って」

ジャニーヌは小声で、夫に話しかけた。まだ電話ボックスにいるのだろう。

「いいかげんにして」と彼女は夫に言った。「本当のことを話したほうがいいわ。どうせわかることとなんだから」

「内容を覚えていますか？」

「一語一句ではありませんが。下手な字で、綴りも間違いだらけでしたが、おおよそこんなことでした。

あなたに大事な伝言があります。大至急、あなたに会わねばなりません。エトワール通りの《ピクウィックズ・バー》へ行き、ジミーはいるかと訊いてください。それがわたしです。もしわたしがいなければ、どこに行けば会えるかバーテンダーが教えてくれます。

これでいいかしら、警視さん？」

メグレはメモを取りながら言った。

「続けてください」

「手紙はさらに、こう続いていました。

　わたしはあまり長くフランスにいられないかもしれません。その場合には、バーテンダーに手紙を預けておきます。バーテンダーは身分証を見せろと言うでしょう。あとのことは、手紙に書いてあります」

「それだけですか？」

「はい」

「このメッセージを、ルイーズに伝えたんですね」

「そうです」

「彼女は納得していたようですか？」

「いいえ、すぐには。なにか考えているようすでした。それから、ありがとうと言って帰っていきました」

「その晩、彼女のことで耳にしたことはありませんでしたか？」

「いいえ、どうしてわたしが彼女のことを？　二日後、たまたま新聞を読んでいて、ルイーズが死んだことを初めて知りました」

「彼女は《ピクウィックズ・バー》へ行ったと思いますか？」

「たぶん、行ったのでは？　警視さんだったらどうします？」

「今の話を知っているひとは、あなたとご主人のほかに誰もいませんか？」

「さあ、どうでしょう。手紙は二、三日、バッグのなかに入れっぱなしでしたから」

「あなたはホテル・ワシントンに宿泊していたんですよね？」

「はい」

「訪問客はいませんでしたか？」

「夫のほかには、誰も」

「今、手紙はどこにありますか？」

「ほかの書類といっしょに、片づけたはずです」

「あなたの荷物は、まだホテルにありますか？」

「いいえ、ありません。結婚式の前日、夫の家に運びました。化粧品や服は置いておきましたが、それも当日、ルームボーイが取りに来ました。あのメッセージのせいで、ルイーズは殺されたんでしょうか？」

「そうかもしれません。ルイーズはそれについて、なにも言ってませんでしたか？」

「ええ、なにも」

「彼女から父親の話を聞いたことは？」

「財布にしまってあるのは誰の写真かと、一度たずねたことがあります。そしたら、お父さんの写真だと言ってました。

《まだ生きてるの？》とわたしは、さらにたずねました。

ルイーズは話したくなさそうな表情で、じっとこちらを見つめました。あれは隠しごとをしているひとの顔だったわ。わたしは黙るしかありませんでした。また別の折ですが、両親の話をしているときにたずねてみました。

《お父さんは何をしているの？》

するとルイーズは、黙って同じようにわたしを見つめました。それが彼女のやり方なんです。死んだ人のことを、悪く言うべきではないけれど……」

そこで夫が、彼女の話を遮った。

「知っていることは、これですべてです」

「ありがとうございます。パリに戻るのはいつごろの予定ですか？」

「一週間後です」

ジャンヴィエは予備の受話器で会話を聞いていた。

「どうやらロニョンの足取りがつかめましたね」と彼は笑みを浮かべて言った。

「《ピクウィックズ・バー》を知ってるか？」

「通りがかりに目にしていましたが、入ったことはありません」

「おれもだ。腹は減ってないか？」

「事の次第を知るほうが先決ですよ」

メグレは隣室のドアをあけ、リュカに声をかけた。

「ロニョンの行方はまだわからないか？」

「わかりません、警視」

「やつから電話があったら、おれはエトワール通りの《ピクウィックズ・バー》にいるから連絡してくれ」

「さっき、訪問客がありました。アブキール通りで家具つきホテルをやっている女です。決心するまで、時間がかかったんでしょう。それにここ数日、とても忙しくて、新聞を読んでいなかったようです。ルイーズ・ラボワーヌは四カ月間、彼女のホテルで暮らしていたそうです」

「いつのことだ？」

「最近です。出ていったのは、二カ月ほど前です」

「だったらそのあと、クリシー通りのクレミュー夫人宅に下宿したわけだ」

「そうですね。ルイーズはマジャンタ大通りの店で、売り子をしていました。歩道に見切り品を並べているような店です。彼女は冬のあいだ、しばらく店頭で立っていました。それでとうとう気管支炎にかかってしまい、一週間ほど部屋で寝こんでいたのだとか」

「誰が彼女の世話を？」

「いませんよ、そんなひと。部屋は最上階の屋根裏でした。うらぶれた安ホテルで、客はほとんど北アフリカ人です」

これで空白期間は、ほとんどすべて埋まった。ニースで母親のもとを飛び出してから、《ロメオ》でジャニーヌに再会したときまで、ルイーズがどこでどう暮らしていたのかを跡づけることができる。

「行くぞ、ジャンヴィエ」

残るは最後の夜、殺されるまでの約二時間に、彼女が何をしていたのかだ。

タクシー運転手はまず、サン＝トーギュスタン広場で彼女を見かけ、そのあとオスマン大通りとフォブール・サン＝トノレ通りの角を、凱旋門にむかって歩いていくのを見かけた。

それはエトワール通りへむかう道筋だ。

ルイーズはみずから人生を切り拓くことができなかった。頼る相手と言えば、列車で知り合った娘ひとりだけ。そんな若い女がたったひとり、霧雨のなかを足早に歩いていく。

その先に待ちかまえている運命と、一刻も早く出会おうとするかのように。

8　ここでは察しのいい者同士のあいだで話が進み、またしても《不愛想な刑事》が問題となる

靴修理の露店と、女たちがアイロンがけをしているクリーニング屋のあいだはとても狭くて、前を通る人々の大方はそこにバーがあると思いもしないだろう。窓ガラスには緑色をした瓶の底がはめこんであるせいで、店のなかはよく見えなかった。ドアにもくすんだ赤色のカーテンがかかっていて、うえに古風なランタンがさげてある。そこにゴチック体の文字で、《ピクウィックズ・バー》と書かれていた。

なかに一歩足を踏み入れたとたん、メグレは人が変わったように厳しく、無表情になった。ジャンヴィエのようすにも、おのずと同じような変化が起きた。

バーは細長い造りで、客はひとりもいなかった。窓ガラスが瓶の底なのと間口が狭いせいで店内は薄暗く、板張りの壁にあちこち光が映っている。

彼らが入るとシャツ姿の男が立ちあがり、なにかを置くような身ぶりをした。どうやらサンドイッチらしい。ドアをあけたときには気づかなかったが、カウンターの裏に腰かけ

て、食べていたのだろう。

男は口いっぱいに頬ばったまま、彼らが近づくのを黙って見ていた。顔にはなんの表情も読み取れない。ほとんど青みがかった黒髪、頑固そうな太い眉。あごは真ん中から傷痕のように割れている。

メグレは男のほうを、ろくに見てもいない。けれども明らかに二人は、互いが誰なのかすぐにわかったらしい。顔を合わせるのも、これが初めてではないのだろう。メグレは高いスツールのひとつにゆっくりと近づき、コートを脱ぎながら腰かけて、帽子をうしろに押し戻した。ジャンヴィエもそれに倣う。

しばらく沈黙が続いたあと、バーテンダーはたずねた。

「なにか飲みますか？」

メグレはためらうようにジャンヴィエのほうを見た。

「どうする？」

「警視と同じものを」

「ペルノー酒があれば、二つ」

バーテンダーは飲み物を注ぐと、冷たい水の入った水差しをマホガニーのカウンターに置き、じっと待った。どちらが長く黙っていられるか、根競べでもしているみたいだった。

先に沈黙を破ったのはメグレのほうだった。

「ロニョンは何時に来た？」

「あいつ、ロニョンっていうんですか。《不愛想な刑事》と呼ばれているのしか、聞いたことがないんで」

「何時だ？」

「十一時ごろでしょう。時計を見たわけじゃありませんが」

「どこに追い払ったんだ？」

「どこにも追い払ったりしてませんよ」

「何を話した？」

「質問に答えただけです」

メグレはカウンターのグラスに盛ったオリーヴをつまんでは、考えごとでもしているような顔でかじった。

店に入って、バーテンダーがカウンターのむこうで立ちあがったときから、メグレは彼が誰だか気づいていた。コルシカ人のアルベール・ファルコーニ。少なくとも二度、不法賭博でムショ送りにしたことがある。それに、ベルギーから金を密輸した罪でも一度。あと一度、ファルコーニはモンマルトルで、マルセイユのギャングを殺した容疑で捕まったことがあるが、そのときは証拠不十分で釈放された。

今は三十五歳のはずだ。

メグレもアルベールも、余計な話は抜きだった。二人はどちらも、言うなればその道のプロだ。発する言葉には、ずっしりとした意味がこめられている。

「火曜日に新聞を読んで、あの女だと気づいたんだな？」

アルベールは否定も肯定もせず、冷ややかな目でただ警視を見つめている。

「月曜の夜、彼女が来たとき、店にはどれくらい客がいた？」

メグレは店内を見まわした。パリにはこんなバーがいくつもある。店が空っぽのときにふらりと入ってきた客は、これでよく商売になっていると思うだろうが、それは常連客がいるからだ。彼らは多かれ少なかれみんな同類で、いつも同じ時間に店に集まるのだ。

アルベールが午前中、店をあけることはない。ようやくカウンターに立ったばかりで、酒瓶も並べ終えてないだろう。けれども夜になると、スツールは満席になり、壁沿いに通り抜けるのがやっとの混み具合だ。奥の急な階段は、地下室に通じている。

バーテンダーもざっとスツールを数えているようだ。

「ほぼ満員でした」彼はようやく答えた。

「零時と一時のあいだくらいか？」

「零時より一時に近かったですかね」

「前にも見た女だったか？」

「初めてでした」

みんながルイーズをふり返り、興味津々で眺めたに違いない。常連客のなかにいるのは商売女ばかりで、ルイーズとは毛色が違う。着慣れない古ぼけたイブニングドレスとビロードのケープ姿に、客たちははっとしただろう。

「それで、彼女はどうした？」

アルベールは思い出そうとしているみたいに、眉根を寄せた。

「腰かけました」

「どこに？」

バーテンダーはまたスツールを眺めた。

「警視さんがすわってるすぐ近くです。ドアの近くで空いていた席は、そこだけでしたから」

「何を飲んだ？」

「マティーニを」

「すぐにマティーニを頼んだのか？」

「こちらが注文を訊いたんで」

「それから？」

「しばらく、なにも言わずにすわってました」

「ハンドバッグは持っていたか？」

「カウンターに置いていました。銀色のハンドバッグです」

「ロニョンも同じ質問をしたんだな？」

「順番は違いましたが」

「続けろ」

「そちらから訊いてくれたほうが」

「彼女は手紙を預かってないかたずねたな？」

アルベールはうなずいた。

「手紙はどこにあった？」

バーテンダーはのろのろとうしろをふり返り、あまり使っていないらしい瓶と瓶のあいだを示した。客宛ての封書が二、三通、挟まっている。

「そこです」

「彼女に手紙を渡したのか？」

「身分証を見せるように言いました」

「どうして？」

「そうするように頼まれていたからです」

「誰に？」

「男です」

彼は必要最低限のことしか答えなかった。黙っているあいだも、次の質問が何かを考えているのだろう。

「ジミーか？」

「そうです」

「姓は知っているか？」

「いいえ。バーではめったに姓を名のりません」

「バーによりけりだがな」

だからなんだというように、アルベールは肩をすくめた。

「彼はフランス語を話したと？」

「アメリカ人にしては、上手でした」

「どんな男だった？」

「あんたのほうが、よく知っているでしょうが」

「ともかく言ってみろ」

「何年もムショ暮らしをしたって感じでしたね」

「小柄で痩せて、みすぼらしい身なりをした？」

「ええ」

「月曜にもここに来たのか？」

「五、六日前に、パリを発ちました」

「その前は、毎日来ていたんだな？」

アルベールは悠然とうなずいた。グラスが空になったのを見て、彼はペルノー酒のボトルをつかんだ。

「彼はほとんどここに入りびたりでした」

「どこに住んでいたか、知ってるか？」

「近所のホテルでしょうが、どこかは知りません」

「その前にも彼から封筒を預かったことは？」

「ありません。ただ、若い女が彼を訪ねてきたら、何時なら会えるか伝えて欲しいと頼まれました」

「何時なんだ？」

「午後四時から、ほとんど毎晩、遅くまで」

「何時に店を閉めるんだ？」

「夜中の二時か三時に。日によってですが」

「彼とはよく話を？」

「ときどきは」

「彼のことを？」

「あれこれです」

「ムショ帰りだって、自分で言ってたのか？」

「それとなくですが」

「シンシン刑務所か？」

「ええ、おそらく。シンシン刑務所っていうのがニューヨーク州の、ハドソン川の脇にあるんなら」

「封筒の中身について、知らされなかったか？」

「いいえ。ただ、とても重要なことだというだけで。早くここを発ちたがっていました」

「警察に追われているから？」

「娘のことです。来週、ボルティモアで結婚するのだとか。だからいつまでも待っていられなかったんです」

「手紙を受け取りに来る女の外見を、説明していたか？」

「いいえ。ただ、本当に本人か確かめるようにって。だから身分証を見せてもらったんです」

「彼女は店内で手紙を読んだのか？」

「地下に降りていきました」

「地下室には何が？」

「トイレと電話ボックスです」

「地下へ手紙を読みに行ったと？」

「たぶんそうでしょう」

「ハンドバッグも持っていたのか？」

「ええ」

「戻ってきたとき、どんなようすだった？」

「前より元気そうでした」

「ここに来る前にも、飲んでいたんだろうか？」

「わかりませんが、そうじゃないですか」

「それからどうした？」

「またカウンターの前にすわりました」

「マティーニをもう一杯、頼んだのか？」

「頼んだのは彼女でなく、もうひとりのアメリカ人ですが」

「もうひとりのアメリカ人だって？」

「背が高くて傷痕があり、カリフラワーみたいな耳をしたやつです」

「知らない男か？」

「ええ、名前もね」

「いつからここに来始めたんだ？」

「だいたいジミーと同じころですね」

「二人は知り合いだった？」

「ジミーは彼を知らなかったはずです」

「むこうは？」

「ジミーのあとをつけているようでした」

「同じ時間に来ていたのか？」

「ほぼ同じ時間に、大きな灰色の車を店先にとめて」

「ジミーは男のことを、なにか話していたか？」

「あいつを知ってるかとたずねました」

「知らないって答えたんだな？」

「ええ。彼はなんだか心配そうでした。きっとＦＢＩだろうって、言ってました。フランスへ何をしに来たのか探るため、追いかけてきたんだって」

「そんな話を信じたのか？」

「とっくの昔から、なんにも信じないことにしてますよ」

「ジミーがアメリカに戻ったあとも、もうひとりはずっと来てたのか？」

「定期的に」

「封筒には宛名が書いてあった？」

「ルイーズ・ラボワーヌって。それに《パリ》とただし書きが」

「店の客がいる位置から、それが読めただろうか？」

「無理ですね」

「少しも店を離れることはないのか？」

「客がいるあいだは、ありません。誰も信用してないんで」

「男はルイーズに声をかけたんだな？」

「一杯、おごらせてくださいって」

「彼女はそれを受け入れたと？」

「どうしたらいい、とたずねるみたいに、こっちを見ました。そういうことに慣れていないんだろうとわかりました」

「それで、うんと言うように合図したのか？」

「なにも合図なんかしませんよ。ただ、マティーニを二杯注いだだけです。そのあと、カウンターの端から声がかかりました。そちらに行って、そのまま二人には注意を払っていませんでした」

「ルイーズとアメリカ人は、いっしょに店を出たのか？」

「そう思います」

「車で？」

「エンジンの音が聞こえましたから」

「ロニョンに話したのは、それだけかね？」

「いえ、ほかにもたずねられました」

「どんなことを？」

「例えば、その男は電話をかけなかったかとか。かけなかった、と答えました。男がどこに住んでいるか知ってるか、とも訊かれたので、知らないと答えました。男の行き先に心あたりはないかとも」

アルベールは意味ありげにメグレを見つめ、相手の言葉を待った。

「それで？」

「《不愛想な刑事》に話したことを、そっくりそのまま繰り返しますよ。前の日、アメリカ人は、ブリュッセルに行くのにいちばんいいルートをたずねました。だったらサン＝ドニからパリを出て、コンピエーニュを経由するのがいいと勧めました。それから……」

「ほかには？」

「ええ、若い女が来る一時間ほど前にも、アメリカ人はブリュッセルの話をしました。今度は、いちばんいいホテルはどこかとたずねたので、北駅前の《パラス》にいつも泊まっていると答えました」

「ロニョンにその話をしたのは、何時ごろだった？」

「午前一時近くです。あなたに話すより時間がかかりました。客の相手もしなくちゃならなかったので」

「列車の時刻表はあるか？」

「ブリュッセル行きの列車を調べるなら、時刻表を見るまでもありません。刑事さんが地下の電話ボックスから駅に確かめたところ、その晩はもう列車はありませんでした。始発は朝の五時半でした」

「ロニョンはそれに乗ると言ってたのか?」

「言うまでもありませんでしたよ」

「朝の五時まで、彼は何をしてたんだろうか?」

「警視さんだったら、どうします?」

メグレは思案した。二人の外国人が、事件に絡んできた。二人ともこの近くに住んでいたらしい。そして二人とも、《ピクウィックズ・バー》に通うようになった。

「ロニョンは、近くのホテルに聞きこみをしたのでは?」

「それを調べるのは、警視さんの役目でしょう。わたしは《不愛想な刑事》のお目付け役じゃありませんから」

「ジャンヴィエ、地下に行ってブリュッセルに電話してくれ。ロニョンが《パラス》に行かなかったか、確かめるんだ。彼は朝の九時半に列車を降りたはずだ。アメリカ人が車で到着するのを、まだ待ちかまえているだろう」

ジャンヴィエが下に降りているあいだ、メグレはひと言もしゃべらなかった。アルベールも話は終わりだといわんばかりに、カウンターの裏に腰かけてまたサンドイッチを食べ始めた。

メグレは二杯目のペルノーに口をつけなかったが、オリーヴの山は平らげてしまった。そして店内を、じっと見つめている。ずらりと並んだスツール、奥の狭い階段。月曜の夜、ルイーズ・ラボワーヌが青いイブニングドレスを着てビロードのケープをはおり、銀色のハンドバッグを持って入ってきたとき店にいた人々を、メグレは思い浮かべているかのようだった。

彼の額に、深いしわが寄った。そして二度、口をひらいてなにか言いかけたが、二度とも途中でやめた。

こうして十分以上がすぎた。バーテンダーはゆっくりと食事を終え、スツールに散らばったパン屑を集め、コーヒーを飲み終えた。そして薄汚れた雑巾をつかみ、棚に並べた酒瓶の埃を拭きとり始めたとき、ジャンヴィエが戻ってきた。

「ロニョンは電話口にいます。お話しになりますか？」

「その必要はない。戻ってこいと伝えてくれ」

ジャンヴィエは驚きを隠せないようすで、ためらっていた。聞き間違いではないか？警視はどういうつもりなんだ？　けれども結局いつもどおり、言われたとおり従うことにした。そしてまわれ右をしながら、こうつぶやいた。

「はい、わかりました」

アルベールは身じろぎしなかったが、それでも顔をこわばらせた。手だけはまだ機械的に動かして、ボトルを一本、一本拭いているものの、棚のうしろにかけた鏡をちらちらのぞいている。そこには彼が背をむけている警視の姿が映っていた。

ジャンヴィエが戻ってくると、メグレはたずねた。

「やつは不満そうだったか？」

「なにか言いかけましたが、途中であきらめ、引きさがりました。《命令ならしかたありません》って」

メグレはスツールを降りてコートのボタンをかけ、帽子をかぶりなおした。

「上着を着ろ、アルベール」警視はひと言そう言った。

「何ですって？」

「聞こえただろ、上着を着るんだ。いっしょにオルフェーヴル河岸をひとまわりしてもらう」

アルベールのほうは、わけがわからないという顔をしている。

「店をこのままにしておくわけには……」

「鍵があるだろ」

「これ以上、おれにどうしろっていうんです？　知ってることは、すべて話したのに」

「力ずくで連れていかれたいのか？」

「わかりましたよ。でも……」

アルベールは小型車の後部座席に、ひとりで腰かけた。車が走っているあいだ、彼はひと言も口を利かなかった。いったいどういうことなのか、考えこんでいるみたいに、じっと前をにらみつけている。ジャンヴィエも黙りこくっていた。メグレは静かにパイプをふかした。

「階段をのぼれ」

メグレはアルベールを先にオフィスに入れた。そして彼の前で、ジャンヴィエにたずねた。

「ワシントンは今、何時だ？」

「朝の八時です」

「優先でやってもらっても、線がつながるのは九時近くになるだろう。ＦＢＩを呼び出してクラークがいたら、電話に出てもらえ。おれから話があるって」

メグレはコートと帽子をゆっくり脱ぐと、戸棚にしまった。

「おまえもコートを脱いだほうがいいぞ。ちょっとばかし時間がかかるから」

「まだわけを聞いてませんが……」

「金塊の一件で話をしたときは、おまえ、何時間くらいここにいた？」

　アルベールは記憶を探るまでもなかった。

「四時間です」

「火曜の朝刊を見て、なにも気づかなかったか？」

「殺された女の写真が出てました」

「もう一枚、あっただろ。三人組の写真だ。大したたまさ。《押しこみ強盗団》って呼ばれていた連中だ。やつらが口を割ったのは、夜中の三時だった。それまでえんえん、この部屋にいたんだ。十八時間もな」

　メグレは自分の席にすわると、どれにしようか選んでいるみたいにパイプを並べなおした。

「おまえは四時間で終わりにすることにした。こっちはどちらでも同じだがね。交代しながら、数人がかりでやれる。時間はたっぷりあるんだ」

　メグレは電話のダイヤルをまわし、《ブラッスリー・ドーフィーヌ》の番号にかけた。

「もしもし、メグレだ。サンドイッチとビールを持ってきてくれ。いくつかって？」

そういえばジャンヴィエも、昼食をとっていなかった。

「二人前だ。ああ、大至急たのむ。ビールは四つ、そうだ」

メグレはパイプに火をつけ、窓に歩み寄った。そしてしばらくたたずみ、サン＝ミシェル橋を行き来する車や歩行者を眺めた。

そのうしろで、アルベールは手が震えないようにしながら、煙草に火をつけた。メリットとデメリットを秤にかけている男の、重々しい表情だった。

「何を知りたいんですか？」彼はまだためらいながら、ようやくそう言った。

「すべてだ」

「本当のことを話しました」

「いや、違う」

メグレはふり返って、バーテンダーを見ようともしなかった。こうやって背中をむけていると、彼はパイプを吹かし、通りの喧騒を眺めながらただひたすら待ち続ける男そのものだった。

アルベールはまた黙りこんだ。彼がいつまでも黙っているあいだに、ブラッスリーのウェイターがトレーを手にやって来て、机のうえに置いていった。

メグレは刑事の詰め所に歩みより、ドアをあけて呼んだ。

「ジャンヴィエ」

ジャンヴィエが顔を出した。

「電話はあと二十分くらいでつながります」

「食べていいぞ。二人分ある」

メグレはそう言うと、サンドイッチとビールを持って隣の部屋へ行くよう合図した。

そして自分も、ゆったり腰かけて食べ始めた。役割が逆転した。さっき、《ピクウィックズ・バー》では、カウンターの裏で昼食をとっていたのは、アルベールのほうだった。

警視はアルベールがいることなど忘れてしまったかのように、ただ無心にサンドイッチを食べ、ときおりごくごくとビールを飲んだ。そして机のうえに散らばった書類に、ぼんやり目をやった。

「ずいぶんと自信たっぷりですね」

メグレはサンドイッチを頬ばったままうなずいた。

「白状するって思ってるんですか?」

好きにしろとでもいうように、警視は肩をすくめた。

「《不愛想な刑事》をどうして呼び戻したんです?」

メグレはにやりとした。

その瞬間、アルベールは持っていた煙草を腹立ちまぎれにつぶした。指に火傷をしたのだろう、彼はうめき声をあげた。

「くそっ！」

頭に血がのぼるあまり、すわってなんかいられなかった。アルベールはさっと立ちあがり、窓に歩み寄ってガラスに額をあてた。そして今度は彼のほうが、外の喧騒を眺め始めた。

ふり返ったときにはもう、覚悟が決まっていた。興奮は収まり、張りつめていた筋肉も緩んでいた。トレーのうえに、ビールが二杯残っている。アルベールは勧められもしないのに、その片方をひと口飲み、口を拭って椅子に戻った。少しは体面を保とうと、最後にいきがって見せたのだ。

「どうしてわかったんです？」と彼はたずねた。

メグレは静かに答えた。

「わかったんじゃない。初めから明らかだったんだ」

9　ときには階段が、重要な役割を演じることもある。
それにハンドバッグが、さらに重要な役割を演じることも

メグレはパイプを吹かし、黙ってバーテンダーを見つめた。彼が長々と間《ま》を置いているのは、これから話すことにもったいをつける、芝居じみたやりかたなのだろうと、ひとは思うかもしれない。けれども彼は、なにも気取ってそうしているわけではなかった。バーテンダーの顔すら、ろくに目に入っていない。彼が考えているのは、ルイーズ・ラボワーヌのことだった。ジャンヴィエが地下へ電話をかけに行っているあいだ、エトワール通りのバーで黙ってすごしたあの時間、メグレはずっと彼女の姿を思い描こうとしていた。似合わない安物のイブニングドレスとビロードのケープを身につけ、客でいっぱいのバーに入ってきた姿を。

「いいか」とメグレはようやく、つぶやくように言った。「一見すると、おまえの話は完璧だ。完璧すぎるくらいさ。あの若い女のことを知らなければ、信じてしまっただろう」

アルベールは驚いて、思わずたずねた。

「彼女と知り合いだったんですか？」

「最後にようやく、よく知るようになったんだ」

メグレはこうして話しているときも、思い浮かべていた。マドモワゼル・ポレの家で、ベッドの下に隠れているルイーズ、ポンティウ通りの部屋でジャニーヌ・アルムニューと言い争っているルイーズを。彼はルイーズを追っていった。アブキール通りのみすぼらしい家具つきホテルへ。彼女が寒風に吹かれながら働いていた、マジャンタ大通りの店先へと。

彼女について語られた言葉のひとつひとつを、繰り返すことだってできるくらいだ。管理人の女が言ったこと、クレミュー夫人が言ったこと。

彼女が《マキシム》に入っていくところも、その一カ月後、披露宴の招待客に紛れて《ロメオ》に入っていくところも目に浮かんだ。

「そもそも彼女は店に入ってきても、席にはつかなかっただろう」

場違いなところに来てしまったと、彼女は感じたはずだ。みんなが自分を見ている。古ぼけたドレスを着ていると、みんな思っているのだ。

「たとえ席についたとしても、マティーニは頼まなかっただろう。おまえはそこでミスをした。ほかに何人もいる女の客と、彼女は同じだろうと思ったことだ。彼女は何を頼んだかとたずねたとき、おまえは無意識にマティーニと答えた」

「彼女はなにも飲みませんでした」とアルベールは認めた。

「それに彼女は手紙を読むために、地下室に降りたりしなかった。おまえのところみたいに常連客ばかりのバーでは、階段のうえに張り紙なんか出していない。出てたとしても、二十人もの客が並んでいるうしろを抜けていく勇気が、彼女にあったとは思えない。みんな多かれ少なかれ、酔っぱらっているだろうし。

だいいち、新聞には検死解剖の結果がすべて載っているわけじゃない。被害者の胃にはアルコールが残っていたとは書かれていたが、それがラムだったとまでは書かれてなかった。だがマティーニは、ジンとベルモットで作るカクテルだ」

メグレは別に、得意げでもなかった。たぶんまだ、ルイーズのことを考えていたからだろう。彼は自分自身に語りかけるみたいに、小声で話し続けた。

「手紙は本当に渡したのか」

「渡しましたよ」

「渡したのは封筒だろ？」

「ええ、まあ」

「なかに入っているのは白紙だったんだな？」

「そうです」

「本物の手紙は、いつ封をあけたんだ？」

「ジミーがアメリカ行きの飛行機に乗ったと、はっきりわかったときに」

「オルリー空港まで、あとをつけさせたのか？」

「はい」

「どうして？　何の手紙か、まだわからないうちに」

「ムショ帰りの男がわざわざ海を渡って、若い女にメッセージを届けに来るなんて、よほど大事な要件なんだろうと思って」

「手紙はまだとってあるか？」

「処分しました」

嘘じゃないだろう。アルベールはもうこれ以上、隠しごとをする必要はないはずだ。

「手紙にはなんて書いてあった？」

「おおよそ、こんなふうに。

《これまでおまえの面倒を、あまり見てこられなかった。でもそのほうが、おまえのためによかったと、いつかわかってもらえるはずだ。ひとはいろんなことを言うだろうが、ひどい父親だと恨まないで欲しい。みんな誰でも、自分の道を選ぶ。たいていは、まだ分別がつかない年ごろに。あとになって気づいたときには、遅すぎるんだ。

この手紙を持っていった男のことは、信頼して大丈夫。おまえがこれを受け取ったころ、わたしはもう死んでいるだろう。でも、悲しまないでおくれ。この世を去る歳なのだから。おまえはもう、生活の心配をしなくていい。そう思うと、わたしも心がなぐさめられる。できるだけ早く、アメリカ行きのパスポートを取りなさい。ブルックリンはニューヨークの郊外だ。きっと学校でも習っただろうね。そこ行くと下に書いた住所に、ポーランド人の仕立屋がいる。名前は……》」

アルベールはそこで言葉を切った。続けるようにとメグレが合図する。

「名前は覚えていません」

「言え」

「わかりましたよ……《名前はルカセック。そいつに会いに行け。パスポートを見せれば、まとまった金額の札束を渡してくれるはずだ……》」

「それだけか？」

「ほかにもいくつか、感傷的な言葉が並んでいましたが、覚えていません」

「住所は覚えているな？」

「はい、三十七番通り一二一四でした」

「誰にその話をした？」

アルベールは黙っておこうとした。けれどもメグレにじっと見つめられ、あきらめた。

「ダチに手紙を見せました」

「誰だ？」

「ビアンキです」

「あいつ、まだ大女のジャンヌといっしょにいるのか？」

コルシカ人ギャング団のリーダーと目されている男だ。メグレは少なくとも十回は挙げたことがあるが、有罪にできたのは一度きりだった。それもたった五年の刑だ。

警視は立ちあがって、隣室のドアをあけた。

「トランスはいるか？」

誰かが捜しに行った。

「二、三人、いっしょに行ける者を集めろ。ルピック通りにまだ大女のジャンヌがいるか、確かめるんだ。ビアンキもいっしょにいるかもしれない。もしいなかったら、どこに行けば見つかるか、ジャンヌから聞き出せ。気をつけろよ。やつは抵抗するかもしれない」

アルベールは平然として聞いていた。

「続けろ」

「これ以上、何を知りたいんです？」

「ビアンキは隠し金を横取りしようと思った。けれど誰でもいいからアメリカにいる仲間を、ルカセックのところへ行かせるわけにはいかない。ポーランド人は指示を受けているはずだ。若い女の身もとがわかるものを、見せろと言うだろう」

当然の話だ。返事を待つまでもない。

「だから彼女が《ピクウィックズ・バー》に来るまで、待っていたんだな」

「殺すつもりじゃなかったんです」

アルベールはメグレの返答を聞いて、びっくりした。

「それはわかってる」

彼らはプロだ。無駄な危険は冒さない。必要なのはルイーズの身分証、それだけだ。身分証さえ手に入れれば、誰かルイーズ・ラボワーヌの偽物を仕立ててパスポートを作らせることができる。

「ビアンキも店にいたのか？」

「ええ」

「彼女は封筒をあけずに店を出たんだな？」

「そうです」

「ボスは店先に車をとめておいたと？」

「刺青者《タトゥエ》が運転席についていました。おれはそこまでしか見てません」

「やつらは彼女のあとを追ったんだろ？」

「おれはいっしょじゃありませんでした。知っているのは、あとから聞いた話です。刺青《タトゥ》者《エ》を捜しても無駄ですよ。あんなことになってしまい、怖気づいて逃げ出しました」

「マルセイユに？」

「たぶん、そうでしょう」

「やつらは彼女から、ハンドバッグを奪うつもりだったんだな？」

「ええ、まずは女を追い越して、車をとめました。女がそばまで来たところで、ビアンキが車を降りました。通りに人気《ひとけ》はありません。ビアンキはバッグをつかみました。でもそれが、細いチェーンで女の手首につながっているのに、気がつきませんでした。女が膝をついて倒れ、叫び出そうとするのを見て、ビアンキは女の顔を叩きました。けれども女はやつにしがみつき、助けを呼ぼうとしたんです。それでビアンキはポケットから棍棒を取り出し、頭を殴りつけました」

「おまえはロニョンを遠ざけるため、二人目のアメリカ人の話をでっちあげたと？」

「ほかにどうしようもなかったんでね。《不愛想な刑事》はまったく疑いませんでしたよ」

とはいえロニョン警部は捜査の大半で、ほとんどつねに司法警察局の先を行っていた。彼が若い女の心情にもう少し気を配っていれば、長年待ちに待って、もう自分でも期待していなかった勝利を得ることができたろうに。

彼は今、ブリュッセルから戻る列車のなかで、何を思っているだろう？　きっとわが身の不運を呪っているはずだ。まわりのやつらがみんなして、おれを陥れようとしていると、いっそう強く信じこんでいるかも。技術的な点からすれば、彼にはなんのミスもなかった。頭のイカれた母親に、ニースで育てられた娘の立場になってみることなど、どこの警察学校でも教えてくれはしないのだから。

ルイーズは何年もずっと、自分の居場所を探し続けたが、ついにそれは見つからなかった。彼女には理解できない世界に迷い込み、最初に出会った女に必死にすがった。けれどその女にも、最後には見捨てられた。

彼女はひとり、悪意に満ちた世界のなかで身がまえていた。どんなゲームの規則があるのか、理解しようとしても叶わなかった。

彼女は父親のことを、なにも知らなかったのでは？　ほんの小さなときから、どうして自分の母親はほかのうちと違うのか、不思議に思っていただろう。どうして隣近所と同じように暮らせないのかと。

それでも彼女は力の限り、みんなに合わせようとした。家を逃げ出し、求人広告を読んだ。けれどジャニーヌ・アルムニューが難なく仕事を見つけるのに、彼女はどこへ行ってもすぐに追い出される。

もしかして彼女もロニョンのように、自分に対してなにか陰謀が仕組まれていると、思いこむようになったのではないか？

わたしのどこが、そんなに変わっているというの？　なぜわたしの身に、あらゆる厄介事が降りかかってくるの？

彼女の死すら、まるで運命の皮肉だった。もし銀色のバッグのチェーンが、手首に巻きついていなければ、ビアンキはひったくっただけですませただろう。そして車に乗りこみ、全速力で走り去ったはずだ。

警察に訴え出たとしても、信じてもらえなかっただろうが。

「どうして死体をヴァンティミュ広場に運んだんだ？」

「うちの店の近くに捨てるわけにはいきませんからね。それにあんな服を着ていたんで、モンマルトルあたりのほうがふさわしいだろうと。どこでもいいから人気《ひとけ》のないところを選び、さっさと置いていったんです」

「アメリカ領事館にはもう、誰か人をやったのか？」

「とんでもない。まだようすを見てたところです」

「クラーク捜査官が電話に出ました、警部」

「こっちにまわしてくれ」

あとはもう、確認をすればいいだけだった。メグレはＦＢＩにいくつかたずねたいことがあったが、それはむしろ個人的な興味からだった。

いつものようにクラークとの会話は、半分はメグレの下手な英語と、半分はアメリカ人の下手なフランス語で進んだ。そうやって、それぞれがなんとか相手の言葉で話そうとした。

クラークはなかなか事件の概要が理解できず、結局メグレはユリウス・ファン・クラムの別名をすべて並べあげねばならなかった。スティーブ、ランク、ジーグラー、マレク、スパングラー、ドンリー……

彼は一カ月前、ドンリーの名でシンシン刑務所に埋葬された。彼は横領罪で、八年の刑に服しているところだった。

「金は見つかったのか？」

「一部だけだ」

「額は大きかった？」

「数十万ドルになる」

「共犯者はジミーという名では？」

「ジミー・オマリーだ。あいつは三年の刑だったので、二カ月前に出所したが」

「フランスをひとまわりしに来たよ」

「近々、娘が結婚するはずだが」

「結婚式に戻ったはずだ。金はブルックリンにある。ルカセックという名の、ポーランド人仕立屋のところだ」

メグレの声は、それでも少し得意げに震えた。

「ルカセックは預かりものが何なのか、知らないんじゃないかな。ルイーズ・ラボワーヌという名前の若い女に、包みを渡すように頼まれただけで」

「その女が来るのか？」

「いや、残念ながら」

思わず出た言葉だった。メグレはあわてて言い直した。

「先週、死んだんだ、パリで」

それからメグレはクラークと、もうしばらく社交辞令や冗談を言い交わした。彼とはもう何年も会っていなかった。電話を切ったとき、まだアルベールが椅子にすわったまま、煙草を吸っているのを見て、メグレは驚いたようすだった。

盗まれた金はＦＢＩの捜査官が見つけ出し、本来の持ち主である銀行に戻されるに違いない。銀行が盗難保険に入っていれば、保険会社のほうに返されるのかもしれないが。ポーランド人の仕立屋は、刑務所行きとなるだろう。ジミー・オマリーも手数料をもらっていただろうから、ボルティモアで娘の結婚式に出るかわりに、シンシン刑務所に舞い戻るはめになりそうだ。

ルイーズの運命を左右したのは、ほんのささいなことだった。手首に巻きつけてあった細い鎖。もしドゥエ通りのマドモワゼル・イレーヌが、あの晩イブニングドレスを借りに来た若い女に、違うデザインのハンドバッグを貸していたら……

もし彼女が早くポンティウ通りの管理人室に寄って、手紙がちゃんと手に渡っていたならば……

そうしたらルイーズ・ラボワーヌは、アメリカに行っただろうか？

数十万ドルの金を、彼女はどうしたろう？

メグレはビールを飲み終えた。もうぬるくなっていた。彼はパイプを靴の底にとんとんと叩きつけ、灰を落とした。灰皿ではなく、石炭バケツのなかに。

「ちょっと来てくれ、ジャンヴィエ」

メグレはバーテンダーを指さした。何をさせられるのか、バーテンダーのほうもすぐにわかった。毎度のことだから、手順には慣れてきた。

「こいつをおまえの部屋に連れていき、供述書を作ってサインさせろ。そうしたら留置所に放りこんでおけ。おれはコメリオ判事に電話しておく」

あとは規則どおりの作業にすぎなかった。それにはもう、興味がない。アルベールが部屋を出ようとしたとき、メグレは呼びとめた。

「ペルノー三杯の代金を忘れてた」

「店の奢りにしておきますよ」

「そんなわけにいくか」

メグレは札を数枚、差し出すと、エトワール通りのバーで金を払っているみたいにつぶやいた。

「釣りは取っておけ」

するとバーテンダーのほうも、まだカウンターのうしろに立っているかのように、思わずこう答えた。

「毎度、どうも」

解説

仏文学者
中条省平

1. ジョルジュ・シムノンについて

シムノンはフランス語圏における史上最大のミステリ作家です。「フランス語圏」と断ったのは、シムノンはフランス語で執筆する作家であり、多くの作品でパリを中心にフランスを舞台としていますが、彼自身は純然たるベルギー人だからです。

生涯に、二〇〇冊近い長篇小説を書き、そのほか短篇集、エッセー集、回想録などに、多くの筆名で発表した初期作品を合わせれば四〇〇冊以上の著作を刊行しました。世界各国語で出された翻訳も含めて、累計出版部数は五億冊をはるかに超えています。フランス語作家でこれほど翻訳されたのは、ジュール・ヴェルヌ、アレクサンドル・デュマ（大デュマ）に次いで第三位なのです。

シムノンは一九〇三年、ベルギー東部のリエージュで生まれました。わずか十五歳で「ガゼット・ド・リエージュ」という新聞社に入ってジャーナリストの道を歩みはじめます。ジョルジュ・シムの筆名で三面記事やユーモア読み物をたくさん書きましたが、そのなかで、犯罪や警察捜査の取材、都市底辺の人々との交際によって、その後の小説執筆の基礎を養います。そして、弱冠十七歳にして、ジョルジュ・シム名義で、小説の第一作 ***Au Pont des Arches***（アルシュ橋にて）を出版します。ただし、これはリエージュの都会風俗に取材した軽妙なユーモア小説でした。

一九二二年からはパリに出て、猛烈な執筆活動を開始し、二十以上のペンネームを駆使して、様々なジャンルの短篇小説を数百篇も書きまくります。いっぽう、一九二八年から有名作家ジョゼフ・ケッセルの推薦でガリマール社の実話週刊誌「デテクティヴ」にミステリ短篇を書きはじめ、これが人気を博したことから、シムノンは推理小説執筆へと舵を切ることになります。

一九二九年、ついにメグレ警部（のちに警視）の活躍するシリーズ第一作となる『怪盗レトン』を書きあげます。そして、一九三一年には、この作品を入れて、なんと十一作のメグレものの長篇を刊行します。ここにはすでに、シリーズ中の傑作として名高い『サン・フォリアン寺院の首吊人』『黄色い犬』『男の首』などが含まれていますから、このときのシムノンの執筆意欲と霊感の冴えには尋常ならざるものが訪れていたというべきでしょう。とはいえ、全盛期のシムノンの刊行ペースはひと月に一冊といったところが普通になります。

しかし、一九三四年の『メグレ再出馬』まで十八冊書いたところで、シムノンはメグレものに飽きてしまい、ここでシリーズはいったん中断します。というのも、シムノンは純粋な心理小説の執筆にも意欲旺盛だったからです。その系列では、少年の理由なき犯罪を描く『雪は汚れていた』(一九四八年)が最も名高く、カミュの『異邦人』と比較されたりもしています。

2. メグレ警視シリーズについて

一九三四年にメグレものを中断したシムノンですが、ファンと出版社の要望はやまず、一九四二年に三つの長篇を合本したオムニバス *Maigret Revient* (帰ってきたメグレ)を出版します。以後、一九七二年の『メグレ最後の事件』までコンスタントに執筆を続け、最終的には七十五作の長篇と三十作近い短篇のメグレものを残しました。メグレ警視は、二十世紀最大の名探偵のひとりといえるでしょう。

メグレの独特のキャラクターは、シムノンの小説を読んだことのない人にもよく知られています。身長一八〇センチで、体重一〇〇キロという巨軀の持ち主。パリのど真ん中、セーヌ川中州のシテ島オルフェーヴル河岸にあるパリ警視庁司法警察局に陣取り、つねにパイプをくわえて煙草をふかし、捜査のあいだも、フランスの庶民料理とワイン、ビール、蒸留酒に目のないB級グルマン……。

しかし、推理小説史上におけるメグレの重要性は、そうしたキャラクター造形の妙に尽きるものではありません。それどころか、エドガー・アラン・ポーのオーギュスト・デュパンが創始し、コナン・ドイルのシャーロック・ホームズが受け継いだミステリにおける探偵の方法論を完全に変えてしまったという一点において、メグレはミステリの革命児の地位を与えられるべき存在なのです。

そのミステリの方法論の根本的な変化について、期せずして、日仏の偉大な推理作家で、同時にミステリの研究家でもある二人の人物が、始祖ポーとシムノンを比較する議論を展開しています。江戸川乱歩とボワロー＝ナルスジャックです。

乱歩は「ハヤカワ・ミステリ」に収録されたメグレものの『深夜の十字路』の解説（一九五三年）のなかで、シムノンの小説は、ポーの発明した本来の探偵小説の「論理的遊戯」の魅力には欠けているが、謎のある「犯罪心理小説」としては比類のないもので、ポー流の小説とシムノン流の小説は評価の尺度を異にし、まったく別種の面白さをもつ、と語っています。

また、ボワロー＝ナルスジャックは『推理小説論』（寺門泰彦訳、一九六七年）のなかで、こんなふうに論じました。メグレは犯罪を説明しようとはせず、まず犯人を理解しようとする。彼にとって謎解きとは、事件をひき起こした「心理的危機を実際に経験し、生きてみることなのだ」。メグレはバルザックの末裔であって、ポーの後継者ではない。

つまり、ポーが知的推論によってミステリの正統的な方法論を確立した作家だとするなら、シムノンは心理分析と感情移入によってミステリの方法論を定義しなおした変革者なのです。現代ミステリの大半はこの二つの方法の折衷によって成立しています。

そして、シムノン＝メグレの感情移入の対象は、多くの場合、自分の正体を消そうとする犯罪者（生者）なのですが、ときには、もう消えてしまった被害者（死者）となるケースもあるのです。

3. 本書『メグレと若い女の死』について

『メグレと若い女の死』は、メグレ独特の心理分析と感情移入の対象が、被害者であるひとりの若い女に集中している点で、メグレもののなかでも、最も純粋で、美しく結晶した作品といえるでしょう。

発端は、パリ・モンマルトルの歓楽街ピガールから遠くないヴァンティミュ広場で撲殺された二十歳前後の女。なぜか場違いなサテンのイブニングドレスを纏い、司法解剖の結果、処女であったことが判明します。メグレはドレスに付いていたラベルを最初の手がかりとして、お得意の足を使った捜査に乗りだします。しかし、物的証拠と関係者の証言を集めることは、メグレにとって、単なる推理の材料ではないのです。

先ほど私は、メグレの感情移入の対象が、すでにこの世から消えてしまった被害者になることがあると申しあげましたが、本作『メグレと若い女の死』の場合、その没入の度合いはただの感情移入を超えて、ほとんど死者を甦らせる覡《かんなぎ》の域に達しています。

関係者からいろいろな証言を聞きとるなかで、被害者の若い女がルイーズであるという固有名を得て徐々に生前のイメージを現す過程を、シムノンはメグレの内的視線をとおして、こんなふうに描写しています。

「感光板を現像液に浸すかのように、ルイーズ・ラボワーヌの姿が少しずつ浮かびあがってきた。二日前はまだ、彼ら（解説者註　メグレと部下のジャンヴィエ刑事）にとって存在しないも同じ女だった。やがて、青いシルエットがあらわれた。ヴァンティミユ広場の濡れた舗石に横たわる顔、法医学研究所の大理石に寝かされた白い裸体が。そして今、彼女は名前を持った。ひとつの像が形をなし始める。まだおおまかな像ではあるけれど」（本書九七ページ）

このようにして、個性を欠いた死体が固有名をもった存在となり、背後に隠された人生の実像が徐々に焦点を結んでいきます。その結果、現れるのは、閉鎖的な地方の町に生まれ、家庭環境に恵まれず、自分の可能性を試せる唯一の場所としてパリをめざし、しかし、人にも土地にも溶けこむことができず、運命の手でその人生をひねり潰されてしまう若い女の儚い姿です。

それは、今の時代でもありうる月並みな悲劇であると同時に、その人間ひとりだけの印を刻まれた個性的なドラマでもあるのです。そのドラマを見つめるメグレ＝シムノンの目には、無常の哀しみが浮かんでいます。そこに、メグレものの唯一無二の特質があります。

とくに作劇法として巧みなのは、ルイーズの半身ともいうべき女友だちジャニーヌを対照的な脇役として描出しているところで、ジャニーヌとの対比によって、ルイーズの悲劇がいっそうの哀しみと、人生の皮肉な味わいを増すことになります。こうした細部に、シムノンの人間描写のうまさが光っています。

なお、『メグレと若い女の死』は、一九七二年に北村良三氏の翻訳がハヤカワ・ミステリの一冊として刊行されました。お洒落なポケミスの装丁が内容とまことによくマッチしていて、何度も手にとって見なおしたことを憶えています。

4. メグレものの映画化について

ポー以来、本格ミステリは抽象的な推論を主たる興味とするために、それを具体的にイメージ化（映画化）することは、なかなか困難でした。しかし、メグレものは、先にも触れたように、知的推論よりも感情移入のほうに重点が置かれ、その感情移入はメグレの具体的な行動をとおして深められていくので、その過程を的確にイメージ化すれば、映画としての興味をしっかりと維持することができます。それゆえ、メグレものは何度も映画化されてきました。

最初の映画化作品は、ジャン・ルノワールが監督し、彼より九歳年上の兄ピエール・ルノワールがメグレを演じた『十字路の夜』（一九三二年、原作『深夜の十字路』）です。当時、ジャン・ルノワールとシムノン（まだ二十代）は、夫婦同士で友だちづきあいをしていたこともあり、二人で脚色をおこないました。できた結果は、ハリウッドでフィルム・ノワールというジャンルが作られるはるか前だったにもかかわらず、このジャンルの先駆となり、のちにジャン＝リュック・ゴダールが「フランスの最も偉大な探偵映画、いや、最も偉大な冒険映画」と評する作品になりました。しかし、あまりにも早すぎた映画だったため、興行的にも批評的にも成功は収められませんでした。

その後、注目すべきメグレ映画を挙げれば、ジュリアン・デュヴィヴィエ監督、アリ・ボール主演の『モンパルナスの夜』（一九三三年、原作『男の首』）、アンリ・ヴェルヌイユ監督のオムニバス推理映画 *Brelan d'as*（エースのスリーカード、一九五二年）でミシェル・シモンがメグレに扮した中篇 "Le Témoignage de l'enfant de chœur"（児童聖歌隊員の証言、原作「児童聖歌隊員の証言」）、ジャン・ドラノワ監督の『殺人鬼に罠をかけろ』（一九五八年、原作『メグレ罠を張る』）に始まる、ジャン・ギャバンがメグレを演じた三部作などがあります。

シムノン自身の判断によれば、なかではピエール・ルノワールが最良のメグレであり、その物腰があまりに鮮やかに表現されているため、シムノンはピエール・ルノワールが隠れて自分を観察していたのではないかと疑った、と語っています。

日本でも、テレビ映画で愛川欽也が目暮（！）を演じた「東京メグレ警視」シリーズ（一九七八年）がありました。シムノンは一九八九年に八十六歳で亡くなりますが、このシリーズの放映当時はまだ健在で、日本のこのシリーズを見ていました。そして、「私（シムノン）の意見では、フランスの女優も含めて、最良のメグレ夫人は、この日本のテレビ映画のメグレ夫人だ。彼女はまさにこうあるべき存在なのだ」と絶賛しています。この東京メグレ夫人を演じたのは、市原悦子でした。

5. 映画『メグレと若い女の死』について

一九六三年のジル・グランジェ監督、ジャン・ギャバン主演の『メグレ赤い灯を見る』（原作『メグレと生死不明の男』）以来、メグレものの本国フランスでの映画化は六十年近くも途絶えていました（世界各国でのテレビドラマ化は盛んでしたが）。

ところが、昨二〇二二年、あのパトリス・ルコント監督が『メグレと若い女の死』を映画化したというニュースが飛びこんできました。「あの」パトリス・ルコントといったのは、彼は一九八八年に、シムノンの *Les fiançailles de M. Hire*（イール氏の婚約）を『仕立て屋の恋』として映画化し、見事に成功していたからです。『イール氏の婚約』（『仕立て屋の恋』としてハヤカワNV文庫刊）はメグレものではない犯罪小説で、すでにジュリアン・デュヴィヴィエがミシェル・シモン主演で『パニック』（一九四六年）という映画化作品を撮っていました。

シムノンの原作は、メグレものとはうって変わり、主人公の変人イール氏の言動を冷たいリアリズムで描きだし、感情移入によって人間的に救おうという姿勢を見せていません。いっぽう、デュヴィヴィエの『パニック』は社会派的な姿勢が顕著で、付和雷同しパニックに陥りやすい群集心理を批判するという意図が明らかに見てとれます。

これに対して、ルコントの『仕立て屋の恋』は、その邦題どおり、一風変わった男の一方的な恋の物語であり、その点で、シムノンの冷徹な人間観察とも、デュヴィヴィエの社会批判とも異なる、大人のためのラブストーリーという趣を呈していました。

また、主人公と同等の比重で、主人公が恋するアリスという女性（サンドリーヌ・ボネール演）を魅力的に描きだし、ルコントならではの〈女性〉の映画にも仕立てあげています。

今回の『メグレと若い女の死』の場合も、メグレを演じるジェラール・ドパルデューの演技は、まさに横綱相撲というべき堂々たる風格を湛えていますが、ルコントの演出が冴えを見せるのは、殺されたルイーズと、その女友だちジャニーヌ、そして、メグレの捜査に協力するベティという若い女優三人の演出においてです。

そこには、まだ女性蔑視の強い一九五〇年代のフランスで、自らの置かれた社会環境に必死で抗って自己実現を図る女性たちの三者三様のポートレイトが鮮烈に定着されており、ここにこそシムノンの原作からルコントが抽出した『メグレと若い女の死』という小説の本質が凝縮されています。なかでもベティは原作には存在しないキャラクターであり、とくにルコントの思い入れが強く反映した女性像であると考えられます。

また、ミステリ的な興味からいうなら、原作小説と映画版は、犯人も動機も殺人手段もすべて違っており、原作を読んだ人をもあっと唸らせる仕掛けになっています。暗闇を見事に活用した映像と色彩設計によって、パリの街角と室内の雰囲気描写も絶妙に仕上がっています。ぜひとも一見をお薦めしたい秀作です。

二〇二三年一月

本書は、一九七二年十一月にハヤカワ・ミステリより刊行された、『メグレと若い女の死』の新訳版です。

訳者略歴　1955年生，早稲田大学文学部卒，中央大学大学院修士課程修了，フランス文学翻訳家，中央大学講師　訳書『死が招く』アルテ，『ブラック・ハンター』グランジェ，『天国でまた会おう』『炎の色』ルメートル（以上早川書房刊）他多数

HM=Hayakawa Mystery
SF=Science Fiction
JA=Japanese Author
NV=Novel
NF=Nonfiction
FT=Fantasy

メグレと若《わか》い女《おんな》の死《し》

〔新訳版〕

〈HM⑯-3〉

二〇二三年二月二十五日　発行
二〇二四年五月二十五日　二刷

（定価はカバーに表示してあります）

著者　ジョルジュ・シムノン
訳者　平《ひら》岡《おか》敦《あつし》
発行者　早川浩
発行所　株式会社早川書房

郵便番号　一〇一 - 〇〇四六
東京都千代田区神田多町二ノ二
電話　〇三 - 三二五二 - 三一一一
振替　〇〇一六〇 - 三 - 四七七九九
https://www.hayakawa-online.co.jp

乱丁・落丁本は小社制作部宛お送り下さい。送料小社負担にてお取りかえいたします。

印刷・信毎書籍印刷株式会社　製本・株式会社フォーネット社
Printed and bound in Japan
ISBN978-4-15-070953-2 C0197

本書は活字が大きく読みやすい〈トールサイズ〉です。